KB073160

지방천민의

그렇고 그런 이야기

지방천민의

그렇고 그런 이야기

- 흔적과 관조 -

해암

흔적痕跡과 관조觀照

　생명은 살아가면서 삶의 흔적을 남깁니다. 보기 좋은 흔적, 남기고 싶은 흔적도 있고 보기 싫은 흔적, 지워버리고 싶은 흔적도 있습니다. 내가 남긴 흔적들이 내 인생의 거울이 되지만 남이 남긴 흔적들도 다양한 모습으로 내 삶에 색깔을 입힙니다. 오늘도 지나온 흔적을 되돌아보며 새로운 흔적을 어떻게 남길지를 생각합니다. 남이 남긴 천태만상의 흔적들을 보면서 내가 남길 흔적들이 보기 좋고 남기고 싶은 흔적 들로 채워지기를 바라고 있습니다. 내가 떠나고 나도 그 흔적들은 꽤 오래 남아 있을 것이기 때문입니다. 기대에서 실망으로 실망이 분노로 분노가 적개심으로 변하는 흔적을 내게 남겨준 사람도 있습니다. 덜 익은 인격과 다듬어지지 않은 인품으로 남 앞에 나서는 사람이 없었으면 합니다. 국민을 피로하게 하지 않았으면 합니다.

어떤 시선으로 보느냐에 따라 흑이 백으로 백이 흑으로 바뀔 수 있습니다.

길거리에서 나눠주는 전단지가 내게 유용한 정보도 제공해 줄 수 있다고 생각하면 흔쾌히 받을 수 있습니다. 나누어주는 이에게는 일하는 보람과 어려움을 극복하는 용기를 선사합니다. 그 전단지를 아무런 도움도 되지 않는 귀찮은 쓰레기로 보면 받는 이도 나누어주는 이도 피곤할 뿐입니다.

세상의 모든 일은 어떻게 접근하느냐에 따라 흑도 되고 백도 됩니다. 더불어 사는 최선의 길을 찾는 것은 나에게도 너에게도 보탬이 되는 것이기 때문입니다. 세상을 따뜻한 시선으로 관조하는 마음가짐이 나날이 각박해지는 세상을 살만하게 해주는 첫걸음 아닐까요?

2022년 10월

방 승 섭

| 차 례 |

제1부
행주와 걸레

제 2 부
지방 천민

| 차 례 |

제 5 부
은실이

제1부

행주와 걸레

만남과 헤어짐

　회자정리會者定離 거자필반去者必返이란 불가佛家의 말이 있습니다. 만나면 언젠가는 헤어지게 되고 떠난 사람은 반드시 돌아온다는 말입니다. 우리가 부모님의 몸을 빌려 이 세상에 태어나면서부터 인연이 닿는 많은 사람들을 만나게 되고 그 만남은 언젠가는 별리를 하게 됩니다. 청춘시절에는 풋풋한 만남이 계속되지만 나이가 들어가면 헤어짐이 만남보다 많게 되고 특히 요즈음은 영원한 별리를 자주 만나게 됩니다.

　나이 탓인지 직접 상문을 가는 것은 되도록 피하려고 하는데 유월들어 직접 상문을 한 것이 3차례나 됩니다. 퇴직 이후부터는 행동반경이 자연스럽게 집 주변으로 국한되기 때문에 가깝게 지내는 사람도 소꿉친구나 이웃사촌들이 대부분인데 마지막 길을 가는 인연들이 잦아진 탓 입니다. 젊은 시절의 회자정리는 거자필반을 기약 할 수 있지만 노년의 정리定離는 필반必返을 기약 할 수 없는 영원한 헤어짐이기 때문에 마음은 더 많은 소회와 감성에 젖어들게 됩니다. 인생이 길지않다는 것은 누구나 알고 있지만 몸으로 뼈저리게 느끼게 되면 나이 들어간다는 신호입니다.

　9년전 이때 쯤 감자밭을 둘러보고 모닝 승용차로 귀가하던 친구에게 구산동 이구삼거리 교통섬이 있는 곳에서 전신주를 들이받는 교통사고가 일어났고 동승한 부인이 즉사하는 비극을 겪게 되었습니다. 자책과 절망에서 가까스로 몸을 추스리고 살아갈 용기를 되찾은 친구에게 즐거움의 모티브를 제공하기 위해 나름 신경을 쓰면서 한달에 한번 만나는 정기모임 외에도 수시로 만나 술잔을 기우렸습니다.

　얼마전 부터 혈액암을 앓아온 친구는 피를 투석하는 치료를 1년 넘게 받아오다가 며칠전 부인과 같은 유월에 영면의 길을 떠났습니다. 한사람의 인생 궤적을 살펴보면 굴곡 없고 한 맺힌 일 없는 평탄함은 거의 없습니다. 대부분 힘들고 괴로운 인생사를 구비구비 넘기면서 살아온 것이 보통입니다. 몰라서 그렇지 내 곁의 인연들도 말하지 아니한 아픔을 간직하면서 태어난 몫을 다하고 있습니다. 부모를 모시고 자식을 기르고 부부가 의지하며 삶을 영위하는 것, 거창하게 같다붙일 것 없이 그게 인생입니다. 태어난 몫입니다.

　한두 가지 말못할 사연 안 가진 사람 없습니다.

　한두 번 실패하고 좌절 안 해본 사람 없습니다.

　한두 번 이별의 고통으로 밤을 지새워 보지않은 사람 없습니다.

　그래도 꿋꿋하게 서있는 오늘이 있습니다. 무지개 빛이 아닙니다 그것이 인생입니다

느낌

댓글 **김주영**
남의 일이 아닌 바로 나의 일
우리네 삶의 이야기,
귀에 쏘~옥 들어옵니다.

방승섭 ▷ 김주영
혹시 솔곡이란 분을 아냐?

가슴앓이

    노인회 지회에서 운영하는 서예 교실에 일주일에 한번 수업을 하고 있습니다. 작년부터 다니고 있습니다. 주민복지센터 서예반에 다니다가 코로나로 폐쇄되는 바람에 수소문 끝에 지회에 등록하여 다니고 있습니다. 수강생은 20여 명 정도 되는데 내가 젊은편에 속합니다. 우리집 이웃에 사는 여성 수강생 한분이 카풀하든 영감님이 돌아가시는 바람에 자연스럽게 나 하고 카풀을 하게 되었습니다. 초등학교 교사로 정년퇴직하신 여성이고 나이는 나하고 출생달까지 같은 정동갑 입니다. 항상 밝은 표정에 활달한 행동으로 주변을 떠들석하게 만드는 유쾌한 성격의 분위기 메이크 입니다.

    지난주에 몸이 불편하다고 쉬었는데 오늘 수업을 마치고 집으로 돌아오면서 지난주 결석한 사정 얘기가 자연스럽게 오갔습니다. 6월이 되면 가슴앓이를 하게 된다고 했습니다. 1남1녀의 자녀를 두었는데 39살의 아들을 산업재해로 10년전에 잃어버린 가슴 아픈 사연을 가지고 계셨습니다. 해마다 아들이 떠난 6월이 되면 먼저 보낸 아들 생각에 심하게 몸살을 앓게 된다며 눈시울을 적셨습니다.

    그나마 다행인것은 사고 당시 9살과 4살이였던 두 손자를 며느리가 잘 키우고 있어서 고맙고 감사할 뿐이라고 말하면서 목이 메였습니다. 얘기를 듣는 나도 가슴이 먹먹했습니다. 자식을 앞세우는 것을 참척慘慽이라고 합니다. 부모로서 견디기 힘든 일을 겪는다는 뜻이지요. 항상 밝고 쾌활한 이면에 그런 가슴 아픔이 있었다는 걸 알고나니 가슴이 더 쓰렸습니다.

살다보면 인간의 의지나 노력으로 해결 할 수 없는 어려운 문제에 부딪치고 뜻 하지않은 불행 앞에 좌절하게 됩니다. 그러나 대부분의 사람들은 그 고난과 불행을 극복하고 다시 삶을 충실하게 꾸려갑니다. 그렇습니다. 아픔은 치유하라고, 불행은 극복하라고 찾아옵니다. 자식을 앞세우는 참척을 극복하고 활기차게 노후생활을 보내는 서예 친구의 남은 여생이 복되고 건강하기를 빕니다.

행주와 걸레

　그릇이나 밥상을 닦거나 씻는 헝겊을 행주라 하고 더러워진 곳을 닦거나 훔쳐내는 헝겊을 걸레라고 합니다. 너절하고 허름한 물건이나 사람을 비유적으로 일컫는 뜻도 걸레라는 말 속에는 포함되어 있습니다.

　다 같은 헝겊이지만 쓰임새와 역할에 따라서 관리되는 것은 엄청난 차이가 나게 됩니다. 깨끗하고 정갈하게 관리하면서 한 번씩 삶아서 소독까지 하는 것이 행주라면 땟물만 대충 빼고 말려서 다시 더러워진 곳을 깨끗하게 닦아내는 것이 걸레입니다. 헝겊이 행주가 되거나 걸레가 되는 것은 사람의 선택이지 헝겊 스스로 결정하는 것은 아닙니다. 사람에 의해 행주와 걸레라는 다른 책무와 역할이 주어졌을 뿐입니다. 주어진 역할을 충실하게 할 뿐 거기에 좋거나 나쁘거나 가치가 더하거나 덜하거나 하지는 않습니다. 행주는 행주의 역할을, 걸레는 걸레의 역할을 다 하면 되는것입니다.

　사람이 하는 일도 마찬가지 입니다. 행주처럼 깨끗한 곳을 더욱 깨끗하게 하는 일도 있고, 걸레 처럼 더러워진 곳을 깨끗하게 하는 일도 있습니다. 거기에 가치가 더 있거나 덜 있거나 하지는 않습니다. 공동체가 살아가는데 필요한 일들을 나누어 하고 있을 뿐입니다. 그런데도 사람들은 하는 일을 구분해서 더러워진 곳을 깨끗하게 하는 걸레 역할을 하는 사람들을 천대하고 멸시합니다. 힘들고, 어렵고, 위험한 소위 3D 업종과 단순 노동일에 땀 흘리는 사람들에 대한 사회통념이 바뀌어서 그들이 존중 받고 인정 받는 세상이 되기를 바랍니다. 길거리에서 건네주는 전단지 한장이라도 흔쾌하게 받겠습니다. 오늘도 공중화장실 청소에 여념이 없는 분들에게 고마운 마음을 전하고 건강하시고 행복하시기를 빕니다. 걸레라는 멸시와 모독을 견디면서 더러운 곳을 구석구석 청소하고 필요한 곳에서 땀흘리는 분들에게 용기를 드리고 싶습니다.

느낌

2022.06.14

낯선 것에 대한 어색함

누구 없이 변화를 싫어합니다. 익숙한 것을 선호하고 낯선 것을 꺼려하는 것은 노소에 관계없이 일반적인 습관이라고 할 수 있습니다. 쇼핑 등 공간적 장소, 음식 섭취 등 생리적 행태, 길을 걷는 동태적 행동 등 모든 습관, 행동, 생각 등에 이르기까지 익숙한 것을 되풀이하면서 새로운 것을 회피하는 것이 사람들의 행동 패턴입니다. 새로운 문물에 대한 노년층의 적응능력이 특히 떨어지는 것은 학습에 대한 피로감과 익숙한 것에 대한 편안함이 빚어낸 결과가 아닌가 합니다. 생활 밀착형 필수품이 되어버린 컴퓨터, 스마트폰, 키오스크를 노년층이 접근을 꺼려하는 것 역시 낯선 것에 대한 어색함과 실패에 대한 두려움 때문인 것 같습니다.

컴퓨터에서는 멀어지고 어지간한 것은 스마트폰 으로 해결 하고 있습니다 또래에 비하면 스마트폰을 제법 잘 다룰 수 있습니다. 제품 설명서를 자세하게 읽어보고 복지관 사회교육 과목에서 스마트폰 관련 강의도 자주 듣고있는 덕분입니다. 요즈음은 스마트폰으로도 좀더 좋은 사진을 찍고싶어 사진반에서 열심히 강의를 듣고 있습니다. 전통적 충효사상이 낡은 가치관이 되어가고 충忠이나 효孝에 대한 개념도 전통적인 왕조 시대와 대가족

제도에서 강조되던 것과 다르게 본질이 많이 달라졌습니다 . 특히 여성들의 권익이 엄청 향상되어 내 어머니 세대들이 살다 가실 때와 비교해 보면 짧은 기간에 우리나라가 엄청 발전 된 것만큼 여성 인권도 많이 향상된 것 같습니다.

  반면 존경과 권위를 인정받던 노인들은 생활에 불편함을 겪고 젊은이 눈치를 봐야 하는 세상이 되었습니다. 젊은이들이 많이 모이는 식당, 카페, 술집 등의 다중 집합장소에는 입장을 거부 당하거나 쏟아지는 눈총 때문에 황급히 되돌아 나오는 세상이 되었습니다. 일부종사一夫從事와 군사부일체君師父一體의 유교시대 충효와는 판이하게 달라졌습니다. 하루가 다르게 급변하는 세상에서 나이 든 사람들이 불편없이 살아가려면 변화되는 환경에 잘 적응하는 방법밖에 없습니다. 스마트폰으로 계좌이체를 하고 열차, 비행기, 극장표를 예매하고 키오스크에서 커피를 주문할 수 있도록 배우고 익혀야 합니다. 그래야 달라지는 세상에서도 어른으로 대접 받으며 살 수 있습니다. 낯선 것에 대한 어색함을 극복하고 적극적이고 활기차게 살수 있습니다.

  학이시습지學而時習之 불역열호不亦說乎

  유붕자원방래有朋自遠方來 불역락호不亦樂乎

  배우고 익히면 또한 기쁘지 않겠는가?

  벗이 있어 먼곳으로부터 찾아오면 또한 즐겁지 않겠는가?

  고전의 교범, 논어論語의 첫편 학이學而편의 첫 구절 입니다.

배우고 익히면 기쁨이 있고 벗이 찾아오면 즐거움이 있습니다.

나이가 들어 갈수록 그렇습니다.

젊은이들도 마찬가지 입니다.

배우고 익혀야 하고 마음 열수있는 벗이 있어야 생활이 풍요
로워 집니다.

느낌

댓글   **김영순**
와 대단하십니다. 저는 아직 컴퓨터가 익숙해서(시력탓?)
대부분 컴퓨터로 처리하는 편인데.. 스마트폰은 그야말로
전화 받기와 문자 기능만.. 역시 배움은 끝이 없나 봅니다.
화이팅입니다.

방승섭 ▷ 김영순
컴퓨터 앞에 앉는 일은 거의 없어요. 은행거래, 각종 예매,
각종 모임의 의견수렴, 찬반투표까지 스마트폰으로 하지!
ㅎㅎ 잘지내지요?

물가 걱정

물가物價가 가파르게 오르고 있습니다. 5월 소비자 물가가 5.4% 올랐다고 하며 2008년 8월 5.6% 오른 이후 13년 9개월 만에 가장 큰폭으로 올랐다고 합니다. 물가만 오르는 게 아니고 나라 경제 곳곳에 비상등이 켜지고 있습니다. 물가, 환율, 금리 등의 트리플 상승과 생산, 투자, 소비 등 트리플 하락이 한꺼번에 우리나라 경제를 덮치고 있습니다. 윤대통령도 경제위기를 비롯한 태풍권역에 우리 마당이 들어와 있다고 했습니다. 지금 집에 창문이 흔들리고 마당에 나뭇가지가 흔들리는 것을 못느끼느냐면서 경제위기를 강조했습니다. 국제 원유가격은 배럴당 120불을 넘어섰고 러·우크라이나 전쟁 장기화와 중국의 코로나로 인한 국경 봉쇄조치로 곡물을 비롯한 원자재가격이 수직 상승하고 있다고 합니다. 우리나라는 원자재를 수입해서 가공한 제품을 역수출하는 무역구조를 가지고 있기 때문에 원자재 가격상승은 제품의 원가를 높히고 따라서 가격경쟁력에서 밀리면서 수출이 줄어들게 됩니다. 이런 것들이 물가를 밀어올리는 요인으로 작용하고 있지만 또다른 이유도 있다고 생각합니다.

경제학 용어에 스필오버효과 (Spillover Effect) 라는 말이 있습니다. 특정 현상이 다른 현상에 파급효과를 끼치는 것을 말합니다. 물이 넘쳐 흐르면 인근의 메마른 논에까지 영향을 끼치는 것을 빗대어서 한 분야의 경기가 좋아지거나 나빠지면 연관 분야까지 영향을 받게되는 것을 말합니다. 코로나 이후 국민재난지원금으로 뿌려진 돈이 정확한 통계는 아니지만 150조원가량 뿌려졌다고 추정합니다. 우리나라의 총 통화량이 3658조5천억 정도입니다. 대한민국이라는 크지 않은 양동이 안에 3658조원이라는 물이 차있는데 150조원의 물을 더 쏟아 부운것입니다. 넘치는 통화량이 물가를 밀어올리는 한가지 원인이 되고 있다고 생각합니다. 한국은행에서 금리를 인상하려는 것은 시중에 넘쳐나는 돈을 은행으로 다시 회수해서 시중 통화량을 적정 수준에서 관리하고 물가를 안정시키고자하는 정책 수단의 하나 입니다.

세금으로 거두어드린 돈의 지출을 억제하는 재정긴축정책도 물가를 잡는 정책 수단이지만 뛰는 물가를 제때 잡을 수 있을지는 장담할 수 없습니다. 물가 특히 장바구니물가가 가파르게 오르면 가장 힘들어 지는 것은 못사는 서민들입니다. 힘든 일상을 꾸려나가는 서민의 삶이 더 팍팍해지지 않도록 정부당국은 효율적인 물가정책을 조기집행하고 기업은 원가 절감에 전력을 다하며 국민은 슬기로운 소비생활을 해서 물가안정에 각자의 몫을 다해야 하겠습니다.

※ 슬기로운 소비생활: 너무 과소비,사재기,매점매석, 하면 물가가 다락같이 오르고 그렇다고 지갑을 닫아버리면 소비가 너무 줄어들어 경기가 침체되고 일자리도 줄어듭니다. 적당하게 소비해야 합니다 그 적당하게를 찾아내는것이 슬기로운 소비생활 입니다.

느낌

댓글 경운산(김자영)
좋은 날 되시고 건강 잘 챙기세요.

방승섭 ▷ 경운산(김자영)
관심을 가져주어 고맙게 생각하고 있어요. 김회장 글도 열심히 읽어보고 ‥ ‥ 글솜씨가 좋아서 사람들이 좋아하고 나도 감탄 할 때가 많아요! ㅎㅎ

운전하는 품격

일상생활과 자동차 운전은 불가분의 관계가 되었습니다. 운전하는 사람이면 사고위험에 노출되어 아찔했던 경험을 누구나 몇번은 겪어 보기 마련이고 술 한잔하는 남자라면 음주운전 경험 한번쯤은 가지고 있습니다. 과태료 처분으로 대체해도 될것 같은데 굳이 벌금 처분을 해서 전과자를 양산하는 것이 국민의 품위를 흠집내고 국격을 떨어뜨리는 것은 아닌지 생각 해봐야 합니다. 전과자가 많은 나라의 국민들을 외국인들이 어떤 시선으로 바라볼지 생각해보면 흔쾌한 기분이 들지는 않습니다.

되풀이 되는 음주운전에 관해서는 전과자를 만드는 것보다 면허 취소 요건을 강화해서 운전을 못하게 하는 것이 합리적이지 않나 하는 생각입니다. 어제 운동하러 가는 길에 차창을 열고 담뱃재를 계속 털면서 운전을 하고 있는 젊은 친구를 보면서 사람들이 참 자기 편리한 대로 산다는 생각이 들었습니다. 자기 차 안은 깨끗해야하고 만인萬人이 다니는 도로에는 담배꽁초나 쓰레기를 함부로 던지는 몰 염치를 너무 쉽게 발견할 수 있습니다.

작은 쓰레기 하나에 자신의 인품을 밑바닥으로 쳐박는 어리석음을 범하면서 부끄러운 줄을 모르니 할 말은 없습니다. 차가 밀리는 합류지점에서 이쪽저쪽 차가 한대씩 교대로 합류하는 상식을 뒤엎고 앞차 꽁무니에 바짝 붙어서 합류하려는 다른 차로 차량의 진입을 방해하는 버스기사를 보면서 운전의 품격을 생각하지 않을 수 없었습니다. 운전을 생업으로 삼고 누구보다 운전 매너가 좋아야 할 전문직업인인 버스기사가 좀스럽고 치사하게 운전을 해서 버스기사의 품위를 도매금으로 떨어뜨리고 있었습니다. 운전하는 습관을 관찰하면 그 사람의 인성과 성격과 인품이 그대로 드러납니다.

과속을 일삼거나 지그재그 곡예운전으로 옆 운전자를 불안하게 하거나 대형 차량을 바짝 붙여서 차간거리를 유지하려는 운전자 차를 위협하는 대형차 운전자도 흔히 볼 수 있습니다. 인품이 갖추어진 운전자를 만나면 반나절이 기분 좋습니다. 급하게 차선을 변경 해야 하는데 지시등을 넣자마자 양보하는 사람이나 보행신호가 끝나고 난 뒤 헐레벌떡 보도를 횡단하는 노인을 차분하게 기다려 주거나 아이들을 보호하기 위해 세심하게 배려하는 운전자를 보면 저절로 유쾌해집니다.

기분좋게 출발하는 하루 일과를 망치지 않으려면 마음을 비우고 상대방을 배려하는 양보운전을 하면 됩니다. 시간적 여유를 두고 안전운전을 하면 품격 갖춘 운전을 할 수 있을 뿐 아니라 모두가 안전하고 즐거운 시간을 만들 수 있습니다. 운전대를 잡으면 조급해지는 마음과 작별합시다.

가장 아름다운 풍경

딸내미가 외손녀들을 데리고 친정 나들이를 했습니다. 외손녀들이 탕수육을 먹고 싶다고 해서 집앞 가까운 중국식당으로 갔습니다. 음식을 주문하고 자리에 앉았는데 지방선거 임시공휴일이라서 그런지 대부분 가족단위로 점심을 먹는 사람들로 홀을 거의 메우고 있었습니다. 얼마 떨어지지 않은 곳에 40대 중반으로 보이는 부부가 자녀 셋을 데리고 점심을 먹고 있는 모습이 눈에 들어왔습니다. 요즈음은 아이들을 보면 참 사랑스럽게 보이고 단란한 가족의 모습이 그렇게 보기 좋을수 없습니다. 그 어떤 자연의 비경보다 마음이 안온 해지는 [가장 아름다운 풍경]이 눈에 들어왔습니다.

그 중년부부는 자녀가 위로 딸 둘에 막내가 아들이었고 큰 딸이 중학생 정도로 보였습니다. 쟁반짜장과 탕수육을 각자의 접시에 담아먹고 큰 딸아이는 우동을 먹었습니다. 결혼을 안하거나 못해서 문제이지 하게되면 둘 정도의 자녀는 낳고 셋을 낳는 부부도 드물지 않게 볼 수 있습니다. 하나만 낳는 부부도 없지는 않지만 그렇게 많이 눈에 띄지는 않습니다. 자녀가 셋이라는게 너무 대견하고 흡족했습니다. 우리나라 출산율이 0.84명으로 세계에서 꼴지라고 합니다. 홍콩이 0.87명, 일본이 1.34명으로 그 다음이라고 합니다. 가임여성 1명이 1명의 자녀도 출산하지 않는다는 것은 부부가 1명의 자녀도 낳지 않는다는 이야기와 다름 아닙니다. 한 세대 뒤에는 인구가 절반 이하로 줄어든다는 산술적 계산입니다. 현재의 인구가 유지되기 위해서는 출산율이 2.1명이 되어야 합니다. 부부가 2명에서 조금 더 낳아야 각종 사고로 줄어 들어도 현재의 인구가 유지 된다는 것입니다. 전기자동차와 에너지 개발의 세계적 기업인 테슬라의 일론 머스크 회장은 우리나라의 경우 현재의 출산율이 계속 된다면 3세대(1세대 30년 정도) 이후에는 우리나라 인구가 현재의 6%미만인 3백3십만 명 정도로 줄어들 것이라고 예측 했습니다. 국가 소멸의 위기가 닥쳐 올수도 있다는 이야기가 아니겠습니까? 결혼한 부부가 2자녀 정도를 두고 있는데도 출산율이 0.84명으로 떨어지는 원인은 많은 가임 여성들이 결혼을 하지 않고 있다는 것입니다.

다시 말하면 청춘들이 결혼을 하지 않는 경우가 많다는 얘기입니다. 젊은이들이 결혼을 하지 않거나 못하는 원인이나 이유는 한두 가지가 아니겠지만 경제성장율 둔화로 안정된 직장을 얻기가 힘 들어지고 직장생활과 병행하는 육아부담이 감당 하기 벅차며 아이들의 엄청난 사교육비 부담이 주는 경제적 이유 때문이라고 생각합니다. 출산장려금 몇푼 주고 육아수당 몇푼 쥐어 준다고 출산율이 올라가지 않습니다. 이제까지의 출산장려 정책이 실패한 이유 입니다. 기업 창업과 확장이 용이하도록 정부 규제를 철폐하고 경제성장율을 끌어올려 양질의 일자리를 늘리고 육아휴직 후에도 불이익 없이 복직할 수 있는 풍토와 사회적 공감대가 형성되어야 하며 공교육 만으로도 아이의 교육을 걱정할 필요가 없어져 사교육비 부담이 줄어 들어야 젊은이들이 결혼하고 아이를 낳게 될 것입니다. 하나같이 해결이 쉽지 않은 문제들이지만 이 세 가지 문제가 해결 되지 않고는 출산율을 올릴 수는 없다고 하겠습니다. 하루빨리 젊은 청춘들이 마음놓고 결혼을 결심할 수 있는 여건이 마련되어서 우리나라의 내일이 희망차기를 바랍니다. 자녀를 데리고 오붓하게 밥을 먹는 세상에서 [가장 아름다운 풍경]을 자주 볼수 있기를 바랍니다. 정부 당국자의 분발을 촉구합니다.

※ 사진은 본인 허락없이 찍은것 이라서 모자이크 처리해야 하는데 어떻게 하는지 몰라 그냥 올립니다

느낌

EPL(England Premier League) 득점왕

　스포츠는 현대인들 삶의 일상입니다. 지역과 문화에 따라 인기있는 스포츠가 조금씩 다릅니다. 미국에는 야구의 인기가 대단하지만 유럽쪽에서는 거의 쳐다 보지도 않습니다. 전 지구적으로 가장 인기있는 종목은 단연 축구라고 할 수 있습니다. 특히 유럽 쪽에서의 여가생활은 축구를 보고 축구를 즐기는 것으로 시작하고 끝난다고 해도 과언이 아닙니다.

　클럽간의 경기에도 3~4만 명의 팬이 몰려들고 라이벌 전이나 중요 경기가 벌어지면 6~7만 명의 관중이 들어찹니다. 국내 K리그의 관중수와 비교하면 유럽 특히 영국 국민들이 얼마나 축구를 좋아하고 즐기는지 짐작할 수 있습니다. 월드컵이 시작되면 축구로 지구가 들썩인다고 해도 됩니다. 우리도 일본과 공동개최한 월드컵 2002에서 우리 대표팀이 4강까지 올라 가면서 온 나라가 들썩인 기억이 있고 벌써 20년의 세월이 흘렀습니다.

　축구하면 흔히 영국을 축구의 종가라고 이야기합니다. 근대적 축구의 경기룰과 행정조직 등 근대축구의 토대가 가장 먼저 뿌리 내렸기 때문입니다. 월드컵 우승은 자국에서 개최한 런던대회때 단한번 우승했지만 종가로 대접 받고 있는 이유입니다. 축구 강국은 월드컵 우승이 많은 브라질, 독일, 이태리, 스페인,

아르헨티나 등을 꼽아줍니다. 그러나 국민들의 축구사랑과 자국 내 프로 축구팀의 수준은 단연 영국 프리미어리그가 세계 최고의 하나로 평가받습니다. 영국은 해가 지지 않은 제국으로 세계를 호령하는 나라에서 쇠락하는 2등 국가로 추락하고 있지만 아직은 세계질서의 중심국가 입니다. 면적은 2436만 핵타에 인구 6849만 명입니다. 한국보다 1900만명 정도 많고 남북한을 합친 인구 7783만 명보다 900만 명 적습니다. 면적은 남북한 면적 2209만 핵타보다 조금 큽니다. 남북한을 합친 우리나라와 비슷하다고 보면 됩니다. 그런 나라에서 축구 클럽은 셀 수도 없을 만큼 많이 있고 최상위에 프리미어리그 20개 팀이 있습니다.

우리나라 K리그 1부 팀과 같은 성격입니다. 홈앤드어웨이 방식으로 한시즌 38번의 경기를 치루고 그 시즌의 우승팀을 가립니다. 우리나라의 손흥민 선수가 소속팀인 토트넘 홋스퍼는 북런던을 지역연고로 하는 중상위권 팀입니다. 손흥민에 앞서 이영표 선수가 뛰었던 팀입니다. 세계 최정상급 프리미어 리그에서 손흥민 선수가 23골을 넣으면서 올시즌의 득점왕이 되었습니다. 공동으로 득점왕이 된 리버풀 소속의 살라흐 선수는 이집트 출신에 나이는 손흥민 선수와 동갑이고 피지컬은 우리 손흥민 선수가 약간 좋습니다. 키도 크고 몸무게도 좀더 나가지요.

같은 23골이지만 손흥민 선수는 공도 움직이고 사람도 움직이면서 슛팅 한 필드골만 23골이고 살라흐는 공을 땅에 정지시켜

놓고 차는 페널티킥 골이 5골 있습니다. 골의 질적인 면을 따지면 어렵고 힘들게 넣은 손흥민 선수의 골이 훨씬 가치있게 평가됩니다 진정한 득점왕은 우리 손흥민 선수라는 얘기입니다.

시즌 마지막 38라운드 경기 직전까지 손흥민 선수가 살라흐 선수에게 한골 뒤지는 21골이어서 마지막까지 누가 득점왕이 될지 모르는 박빙의 경쟁이었습니다. 전반전 종료 때까지 골이 터지지 않았고 후반전 중반까지도 골이 터지지않아 애간장을 태우고 있었습니다. 70여 분이 지나서 동료 모우라의 패스를 받은 골이 터졌고 불과 4~5분뒤 손흥민 존이라고 불리는 골 에리어 외곽에서 감아찬 공이 기가막히게 골대 구석을 찌르는 원더골이 되면서 득점 단독선두가 되기도 했습니다. 골기퍼가 도저히 손을 쓸 수 없는 완벽한 골이었고 손흥민 아니면 넣기 힘든 그야말로 기가막힌 원더골이었습니다.

손흥민 선수를 상대 수비수들이 놓치는 가장 큰 이유가 빠른 스피드를 이용하여 업사이드 트랩을 순식간에 돌파하는 배후 침투 능력과 왼발 오른발 양발을 모두 사용하는 숫팅 능력 때문입니다. 한발만 사용하면 수비범위를 좁힐 수 있는데 양발을 사용하니 어느 발을 막아야 할지 우왕좌왕 하다가 놓치게 됩니다. 올시즌에 넣은 23골 중 왼발이 12골 오른발이 11골 입니다. 오른발잡이인 손흥민이 왼발로 골을 더 많이 넣었으니 수비수들이 헷갈릴수 밖에 없지요. 고등학생인 손자는 프리미어리그 시즌

준우승팀인 리버풀의 열렬한 팬이고 살라흐 선수를 손흥민 만큼 좋아합니다.

중요한 것은 손흥민 선수의 마지막 라운드 활약으로 소속팀 토트넘이 다음 시즌 유럽챔피언스 리그에 진출한 것입니다. 챔피언스리그 출전자격이 리그 성적 4위까지만 주어집니다. 유럽챔피언스리그는 유럽대륙의 월드컵이라고 생각하면 되며 거기에서의 활약 여부에 따라 손흥민의 가치는 엄청 올라갈수 있습니다. 손흥민선수가 유럽축구의 새로운 기록을 세울 때마다 재소환되는 선수가 있습니다. 7~80년대 독일 분데스리가에서 활약하면서 아시아축구의 전설이 된 차범근 선수 입니다. 한시즌 기록한 17골의 기록이 손흥민 선수에 의해 깨지기전에는 아시아선수 난공불락의 기록이었고 프랑크푸르트와 레버쿠젠 소속으로 UEFA 컵에서 2회 우승한 기록은 손흥민선수가 아직 한번도 이루지 못한 차범근 선수의 업적입니다.

2006년 독일국가 대표팀 코치이며 그후 대표팀 감독이되었던 요아힘 뢰브가 자신의 백업 (주전선수대체요원) 선수이었다고 가볍게 말 할 수 있고 그 당시 한국은 어디에 있는 어떤 나라인지 몰라도 차붐(차범근신드롬)은 알았던 독일 국민들의 갈색폭격기 였습니다. 손흥민이 축구 인프라가 잘 갖추어진 시기에 태어나 유럽유학을 하면서 비교적 순탄하게 성장했다면 차범근 선수는 잔디구장 하나 없는 맨땅에서 축구 기초를 익히는 열악한 환경을 극복하고 유럽축구에서 최고의 동양인 선수로 인정 받았다는 점에서 좀더 높은 점수를 주고 싶은 게 내 마음입니다.

동양인이라는 온갖 인종차별을 극복하면서 누구도 시비 걸지 못하는 올시즌 득점왕이 되어 우리의 자긍심을 더높힌 손흥민 선수가 자랑스럽습니다. 그리고 행복합니다. 기분 좋습니다. 정치한다는 얼간이들 때문에 받은 스트레스가 시원하게 씻겨 내려 갔습니다.

느낌

댓글 **김주영**
멋지고 자랑스럽습니다. 손흥민

인생무상 人生無常

육십이 되면 한해 한해 다르고 칠십이 되면 한달 한달 다르고 팔십이 되면 하루하루 다르다는 얘기가 있습니다.

체력이 떨어져가는 것을 확연하게 느낄 수 있습니다. 육십대 초, 중반까지도 왕성하게 다니던 지리산 종주길은 말 할것도없고 요즈음은 동네 뒷산 올라가는 것도 버거워 집니다. 십년이면 강산이 변한다는데 변하는 강산보다 더 많이 체력이 변하는것을 느끼고 있습니다. 생멸生滅 순환의 이치를 체력으로 확인하고 있습니다. 새로운 인연을 만나는 것보다 맺은 인연이 끝나는 일을 더 많이 겪는 것이 다반사가 되었습니다. 돌아올 수 없는 길을 떠난 이들의 전화번호를 지우는 마음이 무덤덤한 일상이 되어가는 것은 그만큼 자주 접하는 일이 되었다는 것입니다.

시간이 흘러 세월이 되고 세월이 쌓여 인생이 됩니다. 그 인생의 끝자락이라는 깨달음과 그 깨달음과 함께 오는 공허함을 감당하기 힘들어 하고 있습니다. 흔히 눈에 넣어도 아프지 않다는 손자, 손녀들이 메우고 남는 공허한 마음의 틈이 자꾸 더 크게 벌어지고 있습니다. 노년이 되면 누구에게나 찾아오는 공허함을 극복하기 위해서는 자신이 가장 좋아 하는 일에 집중하고 몰입해서 보람과 성취감을 느낄 수 있어야 하고 자신에게 특별한 기쁨을 주는 보람과 성취감을 느끼기 위해서는 낯선 것에 도전하여 실패할 수 있다는 두려움을 극복하는 용기가 있어야 한다고 합니다. 내가 집중하고 몰입해서 성취감과 특별한 기쁨을 느낄 수 있는 새로운 일을 찾는다는것이 아주 난감하고 쉽지 않다는 생각이 듭니다. 전문가들은 어렵게 생각하지 말고 자기주변의 쉬운 일에서 찾아야 한다고 하는데 그게 그렇게 쉽고 간단하다면 많은 사람들이 노후의 공허감으로 힘들어 하지 않을 것이고 삶의 아름다운 마무리를 위한 철학적 사유가 그렇게 난해하지 않을 것 이라는 생각이 듭니다. 생각이 깊어지면 갈래가 많아지고 갈래가 많아지면 헤메게 됩니다.

보람이니 가치니하는 무거운 것은 던져버리고 건강을 열심히 챙겨서 자식들에게 짐이 되지말자는 목표 하나 세우겠습니다. 그리고 열심히 노력 하겠습니다. 인연을 더욱 소중하게 생각 하겠습니다.

느낌

댓글   **조성도**
과장님 잘 계신지요? 오랫만입니다. 좋은 글 잘 읽었습니다. 항상 건강하시고 행복하세요. 시편에 이런 글이 있습니다. 우리의 연수가 칠십이오 강건하면 팔십이라도 그 연수의 자랑으로 수고와 슬픔뿐이오 신속히 가니 우리가 날아가나이다.

방승섭 ▷ 조성도
둔해서 그런지 무슨 소리인지 이해가 잘안되요! 잘지내나요? 붓은 언제부터 잡았나요? 소일삼아 일주일에 한번 붓을 잡는데 투자를 안하니 맨날 그자리예요! 건강관리 잘하세요. 이사하고 나니 우연히 만나는 것도 힘드네요!

조성도
댓글 감사합니다. 다른데로 이사했습니까? 붓은 퇴직 후 취미로 주일에 2번 정도 학원에서 배우는데 7년차 되었는데 많아 미숙합니다. 윗글은 우리의 생명은 건강해야 80이며 오래 살면 고생하고 세월은 빨리간다는 뜻입니다.

2022.04.17

인간의 본성 本性

　인간의 본성은 인류 탄생 이후 가장 오래된 탐구의 대상이지만 아직도 해답을 찾지못한 미지의 영역입니다. 우주만물의 기원과 법칙, 인간의 본성을 탐구하는 성리학 性理學 에서부터 서양철학자들까지 많은사람들이 인간의 본성에 관해서 그 실체를 밝히려는 노력을 기우렸지만 성선설 性善說, 성악설 性惡說 등 온갖 설만 난무할 뿐 정답은 [알수없음]입니다

　러시아가 우크라이나를 침공하면서 벌어진 전쟁은 당초 예상했던 것과 다르게 러시아의 고전이 계속되면서 전쟁이 길어지고 있고 그만큼 피해가 커지고 있습니다. 전우가 죽어가는 전쟁터에서 내일의 생사를 알 수 없는 병사들은 비무장 민간인, 여자, 어린이까지 무참하게 학살하는 광기어린 행동을 거침없이 자행하고 있습니다. 오늘 죽을지 내일 죽을지 모르는 그들에게 인간으로서의 도리가 무슨 의미와 가치가 있겠습니까? 유치원이 폭격당해서 피투성이가 된 어린아이들, 강간과 폭행을 당하면서도 살고자하는 간절한 눈빛으로 병사들을 바라보는 피투성이 여자의 참혹한 모습, 두 손을 뒤로 묶인채 뒤통수에 총상을 입은 비무장 민간인들의 주검, 차마 눈 뜨고 볼 수 없는 SNS 영상들을 보면서 인간이 저지럴 수 있는 극악무도한 만행에 대한

분노가 증오와 적개심으로 끓어오르다가 아무 것도 할 수 없는 현실 앞에서 좌절과 허탈함으로 빠져듭니다. 인간이 얼마만큼 잔인해 질 수 있는지 가늠이 되지 않습니다. 같은 종種의 동물들은 서로를 죽이지 않습니다. 영역과 먹이와 종의 보존을 위하여 죽기살기로 싸우기도 하지만 승패가 결정되면 그것으로 끝나지 상대의 숨통을 끊어놓는 경우는 드뭅니다. 도망가는 상대를 추격해서 주검으로 만들지는 않습니다. 잔인하게 학살하고 씨를 말리려 드는 종種은 인간밖에 없습니다. 너무나 참혹한 우크라이나전쟁의 희생자들 앞에서 인간의 본성이 무엇이고 어떤 것일까 하는 생각은 아무 것도 할 수 없다는 허탈감 뒤끝에 찾아든 궁금증입니다. 푸틴이나 젤렌스키대통령 모두 이 전쟁을 피해 갈 수 있는 길이나 다른 방법은 없었을까하는 아쉬움이 남는 것은 나 하나만의 마음이 아닐것입니다.

전장에 내던져진 어린 병사들이 전우의 죽음을 목격하면서 어떤 마음이 되고 무고한 민간인을 잔혹하게 죽이게 될 때는 무슨 마음과 생각인지 이해 할 수 없어 눈물이 납니다. 악마 그 이상으로 표변할 수 있는 인간의 본성이 무엇인지 궁금하고 그 본성의 순치는 불가능한 것인가 하는 안타까움에 눈을 감습니다. 마음이 아픕니다. 하루빨리 전쟁이 끝나기를 기대합니다. 더이상 무고한 생명이 참혹하게 희생 당하지 않기를...

[네델란드의 법학자 휘호 흐로티위스는 정당한 전쟁을 첫째

침략을 당했을 때 자기방어를 위한 전쟁, 둘째 정당한 권리를 빼앗겼을 때 그것을 회복 하기위한 전쟁, 셋째 인류 보편의 눈으로 볼 때 도저히 용납 불가능한 만행을 저지르고 있다면 그것을 막기위한 전쟁]이라고 했습니다. 작금의 우크라이나 전쟁은 러시아 입장에서는 몇 번째의 전쟁 일까요?

우리는 지도의 어디에 있는 나라인지도 모르는 16개국의 젊은 이들이 달려와서 오직 자유민주주의라는 가치수호를 위해 피 흘리며 싸워준 덕분에 공산주의를 물리친 나라입니다. 그런 은혜를 입은 우리인데 국제적 지원을 호소하는 젤렌스키 대통령의 우리 국회 영상 연설 때는 좌석이 텅텅 비어 있는 모습이 온세계에 공개되어 배은망덕하고 정신 썩어빠진 나라임을 만천하에 증명했습니다. 믿을 수 없고 상종하지 못할 나라로 낙인을 찍은 국회의원×××들, 종전선언이라는 말장난과 종이 쪼가리의 평화협정으로 전쟁을 막을 수 있다고 매달리는 정치지도자란 얼간이 ××들을 믿고 살아도 되는건지...

강 건너 불구경으로 끝날수 있는지...

우리에게 불행이 닥치면 누구에게 또 도움을 요청할 수 있을지...

 느낌

댓글   **김영순**
한동안 무소식이라 무슨 일이 있으신가 싶어
걱정을 했었는데...
밥그릇 싸움에 정신이 없는 썩어빠진
망종들 때문에 스트레스 받지 않았으면
합니다.

방승섭 ▷ 김영순
별일은 없었어요! 짧은 글이라도 쓰고 싶은 마음이 안들
때가 있어요! 전쟁으로 민간인이 너무 많이 그것도 참혹하
게 학살을 당하니... 건강하게 잘지내세요. 항상 고마워요!

범보다 더 무서운 것

흔히 범보다 더 무서운 것은 [눈치 없는 것]이라고 합니다. 상황파악을 못하고 엉뚱한 소리를 하거나 생뚱맞은 행동을 하여 일을 곤란하게 만들거나 분위기를 엉망으로 만들어 버리는 경우를 종종 보게 됩니다. 또 하나 더 있습니다. [무식한 놈 완장 차는 것]입니다. 사리분별 잘 안되고 앞뒤 사정을 헤아리지 못하는 어리석은 사람이 완장 차게 되면 마구잡이로 권한을 휘둘러 공공의 안녕과 질서를 파괴해 버리면서 공동체의 갈등과 혼란을 유발하기 때문입니다.

대통령 선거운동이 한창입니다만 크게 관심을 두지 않으려 하는데도 여러가지가 자연스럽게 귀에 들어옵니다. 걱정됩니다. 범보다 더 무서운 눈치없고 무식한 것들이 완장찬 대통령이 될까 싶어 걱정됩니다. 여야후보 누가 되어도 나라의 앞날이 걱정됩니다. 인성에 문제가 있어도 너무 많은 문제가 있어 보이는 후보가 되어도 걱정이고 오로지 도둑놈, 사기꾼이 죄 지은것 조사만 하느라고 세상물정 어둡고 무식해 보이는 후보가 되는 것도 영~ 내키지 않습니다. 내나름의 원칙은 정권교체는 반드시 되어야 한다는 것입니다.

현 집권 세력의 국정운영은 나라살림을 파탄지경으로 밀어넣고 국민을 극단적인 두 편으로 갈라 놓고 있기 때문입니다. 그나마 조금 낮아보이는 제3 후보는 중도 포기 상습환자가 되어 있거나 존재감이 거의 보이지 않아 국민지지율이 바닥입니다. 정권을 교체하기 위해 한표를 던지겠지만 선거 이후에는 지금과 같은 포퓰리즘과 국민 갈라치기가 없기를 간절하게 바라고 있습니다. 공정하고 사심없는 마음으로 오직 국리민복을 위해 일해 주기를 바랄 뿐입니다만 글쎄요?

느낌

겨울 가뭄

비가 온지 오래 되었습니다. 눈도 오지 않았습니다. 2월은 물론 1월 달도 1밀리의 비도 오지 않았습니다. 기상청 자료를 확인해보니 작년 12월에 내린 비가 3.5밀리, 11월에 내린 비가 66.1밀리, 10월에 내린 비가 24.3밀리입니다. 비 다운 비가 온 게 5개월을 넘어서고 있으니 가뭄이 심각 합니다. 어지간한 가뭄에도 줄어들지 않는 물망골 약수터의 물줄기도 실오라기처럼 가늘어졌습니다. 우물에서 두레박으로 식수를 해결하던 시절이었으면 가뭄 때문에 난리법석이 났을 겁니다. 댐을 막고 보를 만들어 물을 저장해 놓고 수도물을 공급하니 가뭄을 모르고 삽니다. 치산치수가 백성의 삶을 얼마나 평안하게 하는지 알게 해주고 있습니다.

댐과 보에 저장된 담수가 극심한 가뭄에도 얼마나 유용하게 생활용수를 보급하고 있는 지 관심도 없고 알지도 못하는 얼빠진 놈들이 보 해체를 들먹이고 수문 개방을 주장하고 있으니 기가찰 노릇입니다. 댐에 고인 물은 흐르지 않아도 썩지 않습니다. 보에 저장된 강물도 흐르지 않아서 썩는 것은 아닙니다. 축산폐수와 생활하수 등 오염물질이 유입되어 강물이 썩어가는데 보 때문에 물이 흐르지 않아서 강물이 썩는다는 목소리 큰 얼치기들의 주장에 끌려다니는 수자원 관리 책임자들의 우유부단이 한심합니다. 과학적 근거도 없는 선동에 휘말려 국론을 분열시키고 막대한 손실을 입힌 엉터리 선전선동을 기억 합니다. 천성산 도룡뇽이 멸종한다고 터널공사를 지연시켜 수백억 원의 국고 손실을 초래하고 미국 소고기 먹으면 광우병 걸린다는 선동에 속아서 유모차까지 끌고 나와서 촛불 시위를 하던 얼간이들, 송전탑의 전자파로 암에 걸린다는 해괴한 소리에 속아 목숨을 끊은 밀양 송전탑 사태의 촌로들에 대해 아무도 책임지는 사람 없었습니다.

공개경쟁에서 합격하거나 입사시험 관문을 뚫지 못하는 어중이 떠중이들의 일부가 전업으로 시민운동 한다거나 환경운동 한다고 자기밥 그릇 만들어 가는 것은 좋은데 도를 넘어서 공동체에 해악을 끼치는 일을 해서는 안될 것입니다. 감시와 견제가 있어야 합니다. 제발 사이비 시민운동, 환경론자의 근거없는 보 해체나 수문 개방 주장에 휘둘리지 말고 당당하게 맞서서 수자원을 보호하고 가뭄을 극복하는 정책이 뿌리내릴 수있는 기틀이 다져지기를 바랍니다.

느낌

댓글 **김기덕**
공감!

農璇 鄭漢植
딱~
맞는 말씀.

나를 위한 나의 생각

시청에 근무하던 옛 동료들을 만나 소주 한 잔하는 자리에서 들은 말입니다. 10가지 해야 할 일의 리스트 첫번째는 마누라를 상전으로 받드는 일이고 두번째는 8순까지 1억원의 몫돈을 마련하는 것이고 세번째는 건강을 유지해서 가족에게 짐이 되지 않는것이라 했습니다. 곁들여서 꿈이 없는 20대는 노인이고, 꿈이 있는 70대는 청춘이라고 했습니다. 그 꿈이 한달에 50십만 원씩 적금부어 팔순이 될 때까지 1억원을 모으는 것이라고 했습니다. 그것이 [나를 위한 나의 생각]이라고 했습니다. 꿈이 있는 70대 중반의 노년이 그렇게 활기차 보이고 청춘으로 보였습니다.

직장에서 은퇴하고 나이가 들어가면 행동반경이 좁아지고 생각의 유연성은 사라지고 의기소침해 집니다. 유, 무형의 제약이 따라오게 됩니다. 그러한 변화를 잘 극복하고 새롭게 삶을 개척해 나간다는 것이 간단하고 쉬운 일이 아닙니다. 사회적으로 담론이 되는 [노인문제] 해결책은 이러한 퇴화의 진행에 잘 대처하기 위한 [해답을 찾아가는 것]이라고 할 수 있겠습니다.

[나를 위한 나의 생각]은 노인문제를 자발적으로 해결하고 스스로의 노후를 활기차고 알차게 보낼 수 있는 가장 현명한 방법

이 아닌가 하는 생각입니다. 그 친구의 슬기로운 노년 생활에 찬
사를 보냅니다. 나도 마누라를 상전으로 모시고 80까지 이루어
어야 할 목표를 정하고 건강관리를 열심히 하겠다는 다짐을 합
니다. 그 어떤 종교적, 학문적 가르침보다 지혜로운 깨달음을 준
그 친구에게 고맙고 감사함를 드립니다.

느낌

댓글 김영순
건강하시지요? 오랫만에 오라버니 작은 철학이 담긴 울림
있는 글을 봅니다. 그동안 무고하신지..
건강만 주어지면 활기찬 노후는 따라온다고 합니다.
두 분의 건강을 빌께요 ~.^

방승섭 ▷ 김영순
단순하지만 명쾌한 생각을 가지고 현존하는 위치에서 최선
의 답을 찾아나가는 슬기로움에 감탄했지요. 고개가 절로
끄덕여 졌습니다~ 건강 잘 챙기세요!

구름 한 조각

　지표면에서 올려다보는 구름은 하늘의 전체가 되기도 하고 망망대해의 일엽편주 같기도 합니다. 비행기를 타고 내려다보는 구름도 끝없는 구름바다 같기도 하고 얇은 솜이불 같기도 합니다. 끝이 없이 커 보이기도 하지만 한줌의 바람에 조각조각 나는 솜털 같기도 합니다.

　인생도 하늘의 구름 같다는 생각이 많이 듭니다. 세상을 뒤덮은 망망대해를 유영하는 구름바다의 한조각 같지만 나름의 항로와 목적이 있는 것이라고 생각해 왔습니다. 그렇게 생각하면서 살아왔습니다. 생명은 영원하지 않습니다. 생명의 끝자락에서 보는 인생은 한줌의 바람에 산산조각 나는 솜털 구름 같다는 생각을 하고 있습니다. 망망대해를 유영하는 나름의 목적이 무엇이었던 그것이 하찮고 솜털같은 일이었다는 허탈감은 삶의 끝자락이 가져다주는 사유라고 생각됩니다. 그 사유의 시원始源은 살아온 것에 대한 회한과 좀더 오래 살고 싶은 미련이 아닌가 합니다.

　"어느 누가 청춘을 흘러가는 물이라 했나? 어느 누가 인생을 떠도는 구름이라 했나?" 이나영이 부른 [날개]의 가사입니다. 흘러가는 물처럼 청춘시절을 보내고 떠도는 구름 같은 인생의 끝자락에서 마음의 틈새를 비집고 찾아오는 가슴앓이를 삶에 대한, 내 것에 대한, 소유에 대한 집착을 털어내는 것으로 치유해 보고자 합니다. 가까운 지인과 같이 소주 한잔하는 일상, 그것이 평정심을 되찾는 가장 손쉬운 방법 아닐까 합니다.

느낌

댓글 **경운산(김자영)**
행님 오랜만입니더
좋은 글에 머물다갑니더
건강 잘 챙기시고
항상 좋은 날 되세요.

방승섭 ▷ 경운산(김자영)
잘 지내고 있겠지요! 이놈의 코로나에게 빼앗긴
일상은 언제 되찾을 수 있을라나?
글이야 김회장 글이 좋은 글이지요.
즐거운 시간 많이 가지세요.

만추晩秋

빛깔 곱던 단풍이 갈색으로 변색 되더니 매마른 낙엽이 됩니다. 계절이 지금쯤 되면 이만희 감독이 신성일과 문정숙씨를 주인공으로 만든 영화 만추晩秋가 생각납니다. 모범수로 3일간의 특별휴가를 받아 어머니 성묘길에 나선 여자와 위조 지폐범으로 경찰에 쫓기는 남자의 애절한 사랑을 그린 영화입니다.

만나기로 한 창경원에서 나타나지 않는 남자를 기다리다 돌아서는 여자의 뒷모습과 함께 바람에 쓸려 흩날리는 낙엽은 아직도 기억이 생생한 이 영화의 잊을수 없는 마지막 장면입니다. 원본 필림이 유실되어 지금은 볼 수가 없다니 안타깝기 그지 없습니다. 복사본이라도 있다면 다시한번 보고싶어 여기저기 기웃거려 보고 검색도 해보는데 보기가 힘듭니다.

만추는 낙엽으로 말합니다. 연둣빛 새싹이 봄을 노래하고 검푸른 녹색잎이 여름을 알려주면 메마른 갈색의 낙엽이 가을이 저물어감을 알려줍니다. 싹터서 잎새 되었다가 낙엽으로 사라지는 나뭇잎의 일생이 살아 숨쉬는 것들의 삶을 시연하는 것 같습니다. 만추의 낙엽은 마음 한구석을 후벼 파면서 산다는 것의 이유와 의미를 생각하게 합니다. 발길에 밟히면서 아파하는 낙엽소리가 세파에 부딛치며 힘들어 하는 삶의 그림자같이 느껴

집니다. 놀이가 전부였든 유년기, 청춘의 멋도 제대로 느껴보지
못한 청년기, 일상에 젖어 보낸 장년기, 제대로 된 계획없이 무
위도식 하는 노년기, 그렇게 일생의 끝자락에 서서 바람에 날려
공중을 유영하는 낙엽같이 가슴앓이를 하고 있습니다. 만추의
끝자락에서 스쳐지나간 것들을 아쉬워 하고 있습니다. 가을입니
다! 알수 없는 공허가 켜켜이 쌓여갑니다.

느낌

댓글   김영순
       만추의 가슴앓이 아직 열정이 남아있다는
       증거이기도 하지요. 떨어지는 낙엽에 무심한
       시선만 던지는 메마름만 저는 남았는걸요.
       옆에 계신 영원한 오라버니의 짝꿍님과 추억쌓기하기
       좋은 계절이기도 하지요. 자주 대화하고
       자주 감정을 표현해 주심이 좋은 치료약입니다.
       두 분이 신성일과 문정숙 배우의 로맨틱을..

날개와 깃털

새의 날개는 동물의 다리입니다. 이동 수단이지만 더욱 각별한 이미지로 우리에게 다가 오는 것은 하늘을 날아다닐 수 있기 때문에 지상의 걷는 동물들에게는 경외의 대상이 되기도 합니다. 맹금류는 날갯짓을 하지 않고도 바람을 타고 비행하면서 먹이사냥을 할 수 있고 벌레를 먹이로 하는 새들은 순간 이동을 쉽게 할 수 있으며 철새는 장거리 비행에 알맞도록 날개가 진화했습니다.

날개는 깃털로 이루어져 있습니다. 깃털이 훼손되면 날지 못하거나 비행을 자유롭게 하지 못하게 됩니다. 먹이사냥에 실패하게 되고 생존의 기로에 서게 됩니다. 날개에 깃털이 있어 원願하는 대로 날 수 있습니다. 세상이라는 공간을 날았던 날갯짓을 멈추고 나뭇가지 끝으로 내려앉아 숨돌릴 시간입니다. 어설픈 날갯짓으로 탈 없이 날수 있었던것은 깃털이 되어준 부모, 형제자매, 친척, 친구, 동료 등 많은 이 들의 보살핌과 도움 덕분이었습니다. 특별한 곳 없는 범생이가 뒤쳐지지 않고 살아올수 있도록 이끌어주고 떠받쳐 준 많은 사람들에게 감사의 마음과 보은의 인사도 전하지 못하고 시간을 헛되이 보내고 있습니다.

빠지는 깃털만큼 날갯짓은 힘겨워지듯 떠나는 사람이 늘어나는 만큼 마음의 온기도 식어 갑니다. 이것저것 따지고 차일피일 미루고 하면서 보낸 시간을 더는 되풀이 하지 말자고 다짐하면서 손쉬운 전화부터 챙겨봅니다.

느낌

댓글 **이희분**
오랫만에 찾아뵙니다. 사막의 무엇인가 의미있는 그림. 느낌 있는 작품인 것 같습니다. 느낌 생각들이 부여되네요. 귀감이 되는 글 감사드리며 건강 잘 챙기시길 빕니다...

방승섭 ▷ 이희분
잘지내고 계시지요? 날씨가 갑자기 추워졌습니다. 감기 조심하시고 건강하십시요.

이희분
네, 감사합니다 덕에 잘 지내고 있습니다. 선생님도 환절기에 건강 조심하시고요~^^.

블랙이글스 에어쇼

삼천포대교 상공에서 펼쳐진 블랙이글스 에어쇼를 관람하고 왔습니다. 국산 전투기인 T50B 전투기 8대가 30분간 공중에서 펼치는 에어쇼는 가슴이 울렁 거리도록 박진감 넘치는 곡예 비행이었습니다. 우리 기술로 만든 전투기라는 점에서 더욱 흐뭇하게 느껴지는 에어쇼인것 같습니다. 아슬아슬하게 교차 비행을 하고 자유자재로 비행기를 뒤집어 비행하는 조종사들의 비행 솜씨에 가슴을 쓸어내리면서 구경을 했습니다.

블랙이글스는 우리 국방력과 공군력을 알리고 국민들의 자긍심과 자부심을 고취시키며 해외 에어쇼 참가 등 국방외교 활동을 통해 대한민국 국격 제고와 방산수출, 국익증진에 기여하기 위해 만들어진 조직입니다. 조종사들은 공군전투기 조종사들 중에서도 편대장 이상의 경력을 거친 베테랑 조종사들을 엄격한 심사를 거쳐 선발한다고 합니다.

우리나라의 과학기술이 세계적 수준에 근접해 있는 것을 에어쇼를 보면서 실감했습니다. 첨단기술이 필요한 각종 정밀기기 제작에서 뛰어난 성과를 올리고 있으며 자동차, 배, 반도체등의 제품을 만드는 기술력이 돋보이고 있습니다.

코로나 때문에 축소된 사천 에어쇼를 내년에는 성대하게 개최한다고 하니 벌써부터 기다려 집니다. 대한민국이라는 국가적 자부심을 가지게 하는 이런 행사를 더 많은 사람들이 관람할 수 있도록 적극적으로 홍보를 해야될 것 같습니다.

느낌

댓글 **백순덕**
멋지십니다-^.^-♡

김영순
와 보기만 해도 짜릿한 전율과 무한한
자긍심을 갖게 합니다.

10월의 마지막 밤

　한달이 쏜살같이 달아났습니다. 오늘이 지나면 11월이 됩니다. 세월은 그렇게 유장하게 흘러가고 비어가는 마음에는 색깔 없는 쓸쓸함이 자리 잡습니다. 나이 들기 전의 오늘은 레스토랑이나 찻집에 가면 이용의 노래 [잊혀진 계절]을 원願 없이 들을 수 있었습니다. 10월의 마지막 밤을 같이 했던 사람이 생각나고 그때의 낭만이 새삼 그리워집니다. 코흘리개 시절부터 정년퇴직하고도 십여 년이 넘게 살아오면서 옷깃을 스친 사람들을 추억합니다.

　한때는 이를 악무는 악연도 있었고 잊을 수 없는 도움을 받은 고마운 인연도 있었습니다. 나를 기억하는 사람들이 얼마나 될지, 그들에게 나는 어떤 사람으로 기억될지를 떠올리면 참 재미없고 있어도 없어도 그만인 별 볼일 없는 존재로 기억 할것 같습니다. 어려움에 처한 사람에게 따뜻한 손길 한번 내민 기억이 남아 있지 않으니 뭐하면서 살아 온 사람인가 하는 자괴감도 듭니다. 오로지 나 자신의 것에 집착하면서 아등바등 살아온것 같은데 뒤늦게 돌아보니 남은 게 뭐지? 하는 마음이 회한으로 남습니다. "연탄재 함부로 발로 차지마라 너는 누구에게 한번이라도 뜨거운사람 이었느냐"고 안도현 시인은 묻고 "삶이란 나 아닌 그 누구에게 기꺼이 연탄 한장 되는것" 이라고 가르쳐 줍니다.

"매일 따스한 밥과 국물을 퍼 먹으면서도 한덩이 재로 남는 게 두려워서 여태껏 나는 그 누구에게도 연탄 한장 되지 못 하였다"고 말합니다. 나에게도 연탄 한장 되어 본 적 있느냐고 묻는다면 솔직하게 대답할 용기가 필요할 것 같습니다.

오늘은 내 것이라고 집착했던 것들을 떠나서 전화라도 반갑게 받아 줄 사람과 소주 한잔하면서 젊은 날처럼 시월의 마지막밤을 보내고 싶습니다. 앞으로의 시간은 주위를 따뜻하게 데워주는 연탄 한장 되겠다는 다짐을 합니다. 작심삼일作心三日로 끝날지라도 시작은 해볼 참입니다.

느낌 😊🦊👩🧑

댓글　이희분
　　　　단풍에 오솔길이 어여쁩니다..

기도의 본질

기도는 "인간보다 능력이 뛰어나다고 생각하는 어떤한 절대적 존재에게 빌거나 그런 의식행위를 하는 것"입니다. 유, 불, 기독교 등의 종교가 발생하기 전부터 인류는 토속신앙에 의지하며 인간의 능력을 초월하는 일들이 해결되기를 빕니다. 나는 어릴 때 무당이 굿을 하거나 점으로 미래를 예측하는 것은 미신이라는 가르침을 받고 자랐습니다만 요즈음은 자신의 능력을 초월하는 일이 해결되기를 비는 의식으로 이해합니다.

아침 운동을 하는 공터 옆에 작은 바위가 있고 그 위에 20센티 정도되는 길쭉한 돌이 탑처럼 놓여 있습니다. 언뜻 보면 아이들이나 할 일 없는 사람들이 장난이나 심심풀이로 얹어 놓은 것처럼 보이기도 합니다. 그런데 그 보잘것없는 탑 앞에서 경건하고 진지한 자세로 기도를 하는 초로의 남자를 몇 번 봤습니다. 처음에는 기도하는 것이라고 생각을 못 했는데 자세히 보니 주문까지 외우면서 열심히 기도하는 것이었습니다.

서구 여행을 해보면 성당을 엄청 화려하고 크게 지어서 성모 마리아와 예수님을 모셔놓고 기도합니다. 우리나라를 비롯한 아시아 국가에는 절을 어마어마하게 크게 짓고 부처님을 모시고 기도를 합니다. 그런 곳에서 하는 기도와 소박한 자기만의

탑을 쌓아놓고 하는 기도에 무슨 차이가 있겠습니까? 다르다면 기도하는 장소의 차이 일 것입니다. 정말 경건하고 진지하게 기도를 하고 가는 그분의 뒷모습을 보면서 무엇을 간구하고 가는지 궁금해졌습니다만 물어볼 수는 없는 노릇이고 짐작도 할 수 없을 뿐입니다.

다만, 주기적으로 계속해서 기도를 하시니까 단순한 가족의 안녕이나 발복을 기원하는 것은 아닐 수도 있겠다는 짐작만 하고 있습니다. 나는 신을 인간이 창조했다고 생각하는 사람입니다. 그러나 가끔 절에는 들러 삼배도 하고 가족의 안녕과 어려움이 해결되기를 기도하기도 합니다. 종교의 시원이 기복에 있다고 생각하기 때문입니다.

화려하고 웅장하게 건물을 지어놓고 이름도 성전이라고 붙인다 해서 그곳에서의 기도가 볼품없는 돌탑 앞에서의 기도보다 신성하거나 가치 있거나 신께서 갸륵하게 받아들이지는 않을 것이라는 생각이 듭니다. 장소 문제가 아니라 기도하는 사람의 간절함이 하늘에 닿는 기도! 그것이 가장 좋은 기도 아닐까요?

느낌

문 쪼다의 숟가락 얹기

쪼다의 사전적 의미는 "조금 어리석고 모자라 제구실을 못하는 사람"입니다. 우리나라 대표 쪼다가 왜 쪼다인지 만천하에 그 밑천을 여지없이 드러냈습니다. 순수 우리 기술로 만든 누리호가 발사에는 성공했으나 3단 엔진의 문제로 위성모사체를 목표 궤도에 진입시키는 데는 실패했습니다. 모사체는 지구 궤도를 한 바퀴도 못 돌고 추락했을 것으로 추정합니다. 성공 여부를 판단할 수 있는 시간이 지나도 발표가 없어 우왕좌왕 할 때 대통령이 느닷없이 나타나서 미완의 과제라며 궤도 진입 실패를 알렸습니다.

아무 것도 모르는 대통령과 장관이 왜 그 발표 자리에 나와서 궤도 진입 실패의 원인 분석에 눈코 뜰 새가 없는 연구원 책임자들을 병풍 치듯 도열시켜 놓고 A4 용지에 적어준 대로 읽어가는 황당한 연출을 했는지 그 이유가 뻔합니다. 국민적 관심을 받으며 생색내기 한 것입니다. 누리호 발사라는 우주개발의 국가적 행사에 십년이 넘게 연구개발에 헌신해 온 과학자들을 제쳐놓고 엉뚱한 문 쪼다가 숟가락 얹기를 한 것입니다. 그 연출에 박수 칠 사람이 하나라면 손가락질할 사람이 열 명이라는 셈법도 모르는 쪼다 아니겠습니까?

그 자리에는 당연하게 한국항공우주 연구원 책임자인 과학자들이 나와서 성공 여부를 발표하고 실패했다면 그 이유가 무엇인지 앞으로 어떻게 보완해 나갈 것인지를 기자들과 질의응답을 통해서 국민의 궁금증을 풀어주는 자리가 되어야 하는 것 아니겠습니까?

문 쪼다 다운 행동 뒤에는 탁현민인가 하는 연출가가 있겠지만 똥오줌은 본인이 가려야 하는 것 아니겠습니까? 정권의 보존과 재창출을 위해서 충성을 다할 자기 사람을 쓸 자리와 민생의 안정과 경제발전을 위해서 테크노크라트를 발탁할 자리를 잘 구분하면 성공한 대통령이 될 수 있습니다. 대표적인 대통령이 요즈음 또다시 욕을 얻어먹고 있는 전두환 전 대통령입니다. "경제는 당신이 대통령이야" 하는 말은 당시 김재익 경제수석에게 전두환 대통령이 한 말입니다. 그리고 전폭적으로 힘을 실어주어 일 년에 최고 25%, 매년 두 자리 숫자가 넘는 물가를 잡고 수출을 증대시켜 가장 활발한 경제성장을 했습니다.

요즘도 기업하시는 분들은 주저 없이 그 시절이 가장 좋았다고 말하고 있고 눈치 없는 윤 모 야당 대통령 후보가 생각 없이 이 말을 꺼냈다가 혼쭐이 나고 있는 중입니다. 눈치 없는 것은 범보다 더 무섭다는데 그렇게 앞뒤를 못 재어서야 후보 경선을 통과할 수 있을지 걱정됩니다. 한때 "문재인 보유국"이라는 문비어천가 가 회자된 적 있고 그 노래를 열심히 부른 얼간이는 감투

하나 쓰고 있을 겁니다. 돌대가리라고 비아냥대는 전 대통령이 앉힌 테크노크라트 자리에도 오로지 자기편만 골라 앉히는 문 쪼다가 나라 말아먹기 직전 같습니다. 걱정됩니다. 나도 박 대통령 고집불통에 질려서 정권 출범 초기에는 잘할 것을 기대한 중도적 지지자였습니다. 문 쪼다를 매스컴에서 안 볼 수 있을 때가 얼마나 남았나요?

느낌

댓글　農璇 鄭漢植
　　　　쪼다, 저 인간 아직도 대통령하고 있네 ~~
　　　　A4용지 보고 읽는 것도 겨우..

역설 逆說

    철 지난 줄장미 꽃입니다. 내가 사는 아파트 울타리에 겨울 채비 바쁜 줄장미가 잎새 다 떨어진 줄기에 생뚱맞게 꽃을 한 송이 피웠습니다. 내일모레면 서리 내린다는 상강인데 자기가 무슨 가을 국화도 아닌 놈이 철모르고 꽃을 피우고 있으니 무슨 조화인지 알 수가 없습니다. 식물이 꽃을 피우는 것은 벌 나비를 불러 모아 수정을 하고 열매를 맺고자 하기 때문인데 지금 꽃을 피워서 어쩌자는 것인지 잘 모르겠습니다.

    식물은 그동안 계속된 늦더위 탓에 계절을 혼동했다고 유추라도 할 수 있지만 멀쩡한 사람, 그것도 정치 지도자란 인간들이 철모르는 소리를 하는 것은 어떻게 받아들이는 것이 정신건강에 도움이 될지 고민스럽습니다. 몇천만 원을 투자해서 몇백억 원의 수익을 올리는 기가 막히는 투자가 있다는 것을 이제야 알게 된 못난이 들을 비웃는 잘난 사람들이 있고 그 사람들에 대한 국민적 분노 때문에 꼬리 자르기식 수사로 잔챙이만 몇 명 수사하는 척 쇼를 하면서 몸통에게 면죄부를 주려고 하는 어용 검찰 행태가 사람을 열불나게 합니다.

    특검이 시간 끌기라는 새로운 공식을 들고 나와서 뒤집기를 하고 그 억지를 일부 지지세력은 정당화시켜주고 있습니다. 사업내용과 절차 그리고 규정을 잘 모르는 국민들에게 개발 구역 내의 공원용지, 공공시설 부지 등을 대단한 노력으로 공익 환수 한 것처럼 사탕발림 하고 있으니 역설이 따로 없습니다.

줄장미의 역설은 다른 생명에 피해를 입히지 않는 자기만의 역설이지만 썩은 정치모리배 들의 역설은 온 나라, 온 국민에게 유, 무형의 피해를 입히게 되니 차원이 다른 문제 아니겠습니까? 다음 대선에서 정권교체가 되어야 한다는 여론이 현정권이 계속 되어야 한다는 여론보다 20% 이상 높다는 조사 결과가 보도되 자 여당 대표 어르신이 이재명 여당 후보가 당선되는 것도 정권 교체라는 단순하면서 명쾌하기 짝이 없는 역설을 내놓고 있습 니다.

이런 행태를 견강부회라고 하거나 아전인수라고 했습니다. 늑 대가 호랑이 가죽을 둘러썼으니 호랑이라는 주장이 눈앞의 가죽 만 보고 그 안의 늑대는 보지 못하는 일부 국민들에게 먹혀 들 어가는 것 같으니 무엇이 참이고 무엇이 그른 것 인지 헷갈리는 세상입니다.

느낌

댓글 **이희분**
혼자 외로워서 어여뻐 해달라고 고개를 삐죽 내밀었나 보다
어찌 그리도 아름답니. 사랑스럽구나 장미 꽃 한 송이야.
그래도 귀여움 너 혼자 독차지해서 좋지 않니. 얄미운 것
같으니라고.. 다들 한 번씩 너 예쁘구나 하고 눈 인사하고
갈 거야~^^

김주영
영산홍도 제정신이 아닙니다, 오늘 새벽 남재골 갔다 오면서,
잎사귀가 예전 같지 않아 유심히 보았는데, 정치도 평범치 않아
야 이상한 짓거리들을 하는 모양입니다, 감옥 가는 게 정치판의
관록인 것 같기도 하고, 세계 유래상 퇴임한 대통령마다 감옥
가는 나라는 유일무이한 우리나라, 그래도 살기 좋은 나라~

이희분
요즘 왜 그리 제정신 아닌 정치꾼들. 꽃들까지도 많나요
허허. 웃읍시다 웃어요 그러려니 우리나라 무서운 나라로
변질되어 가고 있는 것 같아 안타까움. 두려 우이~헌데,
꽃은 예뻐요 나도 연분홍 꽃처럼 예뻤으면 좋겠네.. ㅎ

2021. 10. 18

사소한 것에 대한 배려

　나와 동년배쯤으로 보이는 여자분이 마주쳐 지나가면서 반갑게 인사를 했습니다. 얼떨결에 답례를 하고 잠시 멈추어 섰습니다. 마스크를 하고 있으니 이마와 눈으로 알아볼 수 있거나 자태로 알 수 있는 가까운 사이가 아니면 착각하기 쉽습니다. 실수한 것을 깨달은 여자분이 어쩔 줄 몰라 하며 난처한 표정으로 나를 바라봤습니다. "아시는 분이 아주 잘 생겼나 보네요ㅎㅎ 안녕히 가세요" 스스로를 칭찬하는 말을 상대방의 부담을 들어주기 위해 던졌더니 그 여자분도 환하게 웃으며 갔습니다.

　살다 보면 가벼운 실수로 멋쩍은 처지가 되는 경우가 종종 있습니다. 그때 상대가 궁지를 벗어날 수 있는 재치 있는 말이나 따뜻한 배려의 한마디 말은 인간관계를 아름답게 만듭니다. [말 한마디로 천 냥 빚을 갚는다]는 조상들의 가르침을 새겨두면 험난하고 힘든 세상을 살아가는 버팀목이 될 수 있습니다. 말뿐이 아닙니다 거래, 약속 등 인간관계의 모든 면에서 사소하거나 하찮다고 생각되는 것들을 세밀하고 확실하게 처리를 해두면 그것이 차곡차곡 쌓여 내가 살아가는데 있어 가장 쓸모 있는 밑천이 될 수 있습니다.

　내가 먼저 양보하거나 조금 손해 본다 싶은 마음가짐을 가지면 남과 다툰 일 없고 내 스스로 자족하는 생활을 할 수 있다고 생각하며 그런 마음가짐으로 생활하려고 애씁니다. 돌이킬 수 없는 큰 사건, 사고도 그 시작은 아주 작고 사소한 문제에서 비롯되는 것을 우리는 너무도 많이 목격합니다. 성경 말씀이 아니라도 사소하고 작은 일에도 좋은 뜻으로 최선을 다한다면 그 끝은 어마어마하게 창대하지 않을까요?

느낌

제 2 부

지방 천민

노무현과 이재명

─내가 노사모인 이유

    화천대유와 천화동인이라는 낯선 단어들이 온 나라의 서민들에게 엄청난 박탈감을 안겨주고 있습니다.

    유동규 성남도시개발공사 기획본부장이 키맨인 것 같은데 이재명 지사는 자신에게 불똥이 튀는 것을 막기 위해 수족같이 부리던 사람을 닭 쫓던 개 지붕 쳐다보듯 나 몰라라 하면서 사지로 밀어 넣고 있습니다. 대학에서 성악을 전공하고 아파트 리모델링 추진위원회 조합장 경력이 전부인 유동규가 성남도시개발공사 기획본부장이 되고 이재명이 지사 당선 이후에는 차관급인 경기도 관광공사 사장으로 발탁되는데 이런 사람이 측근이 아니라면 어떤 사람을 측근이라 고 할 수 있습니까?

    산하기관 중간 간부가 측근이라면 측근으로 넘쳐날 것이라고 하면서 잡아뗍니다. 유동규가 이재명의 인간성에 대해서 어떤 생각을 하는지 궁금해집니다. 끝까지 의리를 지키며 덮어쓰든지 인간적 배신감을 느끼고 모두 까발리든지 양자택일을 해야 되겠지요. 대통령이 되면 해줄 수 있는 것을 가지고 딜을 시도할 가능성이 너무 높아 보입니다. 이재명은 달면 삼키고 쓰면 내뱉는 스타일은 분명해 보입니다.

    안희정은 노무현의 측근이었습니다. 노 대통령의 대선자금을 관리했습니다. 몇몇 대기업에서 47억 원의 선거자금 모금을 해서 그 중 1억 6천만원을 자신의 아파트 중도금으로 유용했습니다. 나중에 노 정부 이미지에 치명적인 타격을 입히는 일이 되어버렸습니다.

그 뿐만 아니라 노 대통령이 당선된 뒤인 2003년에도 모 회장으로부터 돈을 받았고 그중 1억원을 자신이 출마하려던 지역구 여론조사 비용으로 사용했습니다. 이외도 나라종금으로부터 퇴출되지 않게 해달라는 명목으로 돈을 받았다는 혐의가 불거지는 등 불법 정치자금 수수 혐의로 1년의 옥살이를 합니다. "안희정 씨가 노 대통령 대신에 매를 맞고 있는 것 아니냐는 얘기가 있다"라는 기자의 질문에 노 대통령은 이렇게 대답합니다. "안희정은 오래전부터 나의 동업자이자 동지였다. 사리사욕을 위해 일한 것이 아니라 나로 말미암아 고통받는 사람이다" 노통의 이 말 때문에 일부 금액을 횡령한 파렴치는 사라지고 노통을 이롭게 하려고 총대를 멘 의로운 사람의 이미지를 얻었고 그 후 충남지사 대통령 후보로까지 거론되는 정치적 성장을 합니다.

정치자금을 받아 일부를 개인 용도로 쓴 안희정을 끝까지 버리지 않은 노통과 자신을 위해 오랜 기간 헌신적으로 일해온 측근이 수사 대상이 되자 측근이 아니라고 잡아떼서 가슴에 못을 박는 이재명 지사, 이 둘의 차이는 너무 크고 넓지 않습니까? 나는 노사모입니다! 친구들이 오래전부터 그렇게 부릅니다!

느낌

댓글 **김영순**
이번 경기도 국감 보면 도덕성에 대한 검증이 더 확실해지
겠지요.

탐진치 貪瞋癡

　지인 한 분이 빌려준 돈을 떼일 처지가 되었습니다. 알뜰살뜰 모은 돈에 친인척의 돈까지 긁어모아서 목돈을 빌려준 것인데 야반도주하듯이 사라져 버렸으니 어이없고 기가 찰 노릇입니다. 처음에는 적은 돈을 빌려 가서 이자를 제날짜에 어김없이 갚습니다. 다음에는 좀 더 많은 돈을 조금 높은 이자를 붙여 착실하게 갚습니다. 이렇게 5~6년을 돈거래하면서 신용을 쌓은 후 적당한 구실을 부쳐 목돈을 빌려 갑니다.

　물론 높은 이자를 미끼로 던집니다. 왜 더 높은 이자를 주면서 많은 돈을 빌리려 하는지에 대해서 신중하게 알아보려 하지 않고 그동안의 거래에서 경험한 신용만 믿고 여윳돈에 친인척의 돈까지 모아서 목돈을 빌려줍니다. 높은 이자의 유혹 때문입니다. 오랜 시간 공을 들여 신용을 쌓은 후 그 믿음을 이용하여 상대를 기망하는 일입니다만 가장 큰 잘못은 높은 이자를 받고자 하는 욕심에서 비롯된 일입니다.

　잘못되거나 후회하게 되는 원인은 대부분 탐. 진. 치에서 그 원인을 찾을 수 있습니다. 힘들거나 괴롭거나 후회하게 되는 일들의 인과를 살펴보면 지나치게 욕심을 부리거나 분노로 분별심을 잃어버리거나 방심하여 어리석은 선택을 함으로써 나타난 결과임을 알 수 있습니다. 나는 그렇게 어리석게 당할 일은 없을 것이라고 생각하지만 욕심貪이 앞을 가리게 되면 누구든 분별심은 흐려지고 판단은 오류를 범하게 됩니다. 보이스 피싱으로 많은 피해를 입는 사람들을 봅니다. 전후좌우를 세심하게 살피지 아니한 어리석음癡 때문입니다. 찰나의 분노瞋를 참지 못하여 엄청난 실수를 저지르고 땅을 치며 후회하게 되는 경우도 종종 봅니다. 분노 조절을 하지 못했기 때문입니다.

성철 스님께서는 인간의 3대 욕심인 물욕. 성욕. 명예욕 중에서 가장 쉽게 빠져드는 것이 물욕이고 규범을 일탈하기 쉬운 것이 성욕이며 가장 무서운 것이 명예욕이라고 하셨습니다. 물욕과 성욕은 보통 은밀하고 남모르게 이루어지지만 명예욕은 공개적으로 다른 사람의 지지와 후원 속에서 이루어져 통제하기 힘들기 때문입니다. 안온한 일상을 누리던 사람이 높은 이자라는 탐욕貪欲 때문에 분별이 흐려지는 우치愚癡에 빠져 배신을 당했다는 진에瞋恚로 상처받고 괴로워하니 안타깝습니다.

주변 상황으로 보아 사람을 찾게 되더라도 돈을 받아내기는 어려울 것 같은데 하루빨리 마음을 추스르고 안온한 일상으로 돌아올 수 있기를 빕니다.

느낌

댓글 **김영순**
흔히 하는 말로 사기를 치는 사람보다 당하는 사람이 오히려 더 큰 죄라고들 하지요
빌미를 제공하고 원망과 분노를 다스리지 못해 끝내는 잘못된 선택을 하는 경우도 가끔 봅니다. 제 주변에도 한 사람이 최근에 보이스피싱으로 어렵게 모은 돈을 모두 날린 분이 있어요.
그래도 꿋꿋하게 일상을 유지하는 걸 보면서 엄청 강한 사람이구나 싶어 지금 마음 그대로 버티라고 했지요.

방승섭 ▷ 김영순
한 박자만 늦추면 짐작은 할 수 있는 일인데 운수가 닿으면 피해 가기 어렵나 보다 하고 있답니다

세상을 따뜻하고 살 만하게 만드는 사람들

공원에는 각종 운동기구들이 설치되어 있어 시민들이 많이 이용합니다. 이용하기 편리하도록 편의시설도 설치되어 있고 안전시설도 갖추어져 있습니다. 시설물이란 것은 설치할 때 돈이 들지만 사후관리가 더욱 중요하고 돈이 많이 들어갑니다.

시설물을 설치할 때는 그것이 꼭 필요한지 세밀하게 따져서 최소한으로 설치해야 한다는 소신을 가지고 있습니다. 제대로 사후관리가 되지 않으면 설치 안 한 것 보다 못하게 됩니다. 흉물이 될 수 있습니다. 관리가 제대로 되지 않아 방치된 각종 시설물을 어디서든 쉽게 볼 수 있습니다. 쇠로 만들어진 운동기구는 주기적으로 페인트칠을 해주어야 하고 연결 부위는 윤활유를 발라 주어야 합니다. 녹이 나거나 소음을 줄이고 파손되는 것을 방지해야 하기 때문입니다.

오늘 아침에는 할머니 한 분이 페트병에 윤활유를 담아와서 운동기구의 연결 부위에 일일이 기름을 치고 계셨습니다. 삐걱거리는 소리가 많이 난다고 하시면서 하나하나 닦아내고 기름을 치고 계셨습니다. 공공시설물을 함부로 사용하거나 파손하는 몰지각한 사람도 있지만 쓸고 닦고 자기 것처럼 관리하는 분들도 많이 볼 수 있습니다. 그게 간단하지만 행동으로 옮긴다는 것은 그렇게 간단한 것이 아닙니다. 마음먹기부터 쉽지 않은 일이고 행동으로 옮기는 것은 더욱 어려운 일입니다. 내게 염치를 생각하게 해주시는 분들입니다. 따라 하기도 정말 쉽지 않습니다. 허락을 받고 할머니와 페트병 윤활유를 사진으로 담아 왔습니다.

느낌

댓글 **이현조**
세상을 밝게 하시는 분께
박수를 보냅니다.

처녀뱃사공

함안 법수면 악양리 뚝방길을 다녀왔습니다. 함안군이 가꾸어 놓은 뚝방길 코스모스와 악양 생태공원의 꽃과 나무와 메밀밭을 짙은 안갯속에서 환상적으로 감상하고 왔습니다. 안개 때문에 주변 경관을 자세하게 볼 수 없었지만 이곳 악양 나루는 우리가 즐겨 듣고 부르는 노래 [처녀뱃사공]의 탄생지이기도 합니다.

1950년대 중반 유랑극단 단장이던 윤부길씨 (가수 윤항기. 복희의 아버지)가 이곳 악양 나루에서 배를 타고 건너게 된 인연으로 알게 된 처녀뱃사공의 애달픈 사연을 가사로 쓰고 한복남씨가 작곡하고 황정아씨가 불러서 힘들고 고달팠던 6.25이후의 국민 애창곡이 된 노래입니다. 이웃한 대산면에 노래비를 세워놓고 [처녀뱃사공 전국가요제]를 해마다 개최하는데 코로나 때문에 중단 상태에 있습니다. 법수면 악양리는 함안천과 남강이 합류하고 대산면도 의령군 정곡면과 마주하기 때문에 남강 지류이고 낙동강은 12킬로미터 정도 더 내려가야 만날 수 있습니다. [낙동강 강바람이 치마폭을 스친다]는 가사는 남강을 낙동강으로 작사자가 잘못 알았거나 아니면 듣는 사람 알기 쉽게 낙동강으로 표기한 것으로 추측합니다.

동행한 후배가 안개 속의 그림 같은 풍광을 사진으로 담기 위해
서 갔는데 많은 사진 동호인들이 새벽부터 밀려들어서 좀 더 좋
은 작품을 건지기 위한 촬영 명당을 찾아서 바쁘게 움직였습니
다. 안개에 젖은 색다른 풍경을 잘 감상하고 왔지만 주변 풍광이
빼어나다고 해서 맑은 날 다시 한번 가볼 생각을 하고 있습니다.

느낌　

댓글　**이희분**
　　안개 자욱하게 낀 여러 꽃들과 어우러진 전경이 아름답고
　　사랑스럽고 잔잔해 보이는 저 모습들. 너무 예쁩니다 즐감
　　하고 갑니다 좋은 글 감사와. 고생하심도요 ^^

　　김주영
　　한귀에 쏙 들어오네요, 수고하셨습니다.

　　農璇 鄭漢植
　　안개 낀 뚝방길에서 국장님 행복하게 보입니다 ～～

이성 친구

　초등학교는 예나 지금이나 남녀공학입니다. 여자 동기들도 평생을 흉허물없는 친구로 지냅니다. 직장 생활할 때나 취미생활할 때도 이성을 만나게 되고 친구로서 지내게 되는 경우가 많습니다.

　이성 친구 간의 만남은 보는 사람의 시선에 따라서 달리 보는 경우가 많습니다. 반려자는 내가 초등 여자 동창과 통화하고 만나는 걸 그렇게 달가워하지 않습니다. 특히 단둘이 만나는 것은 탐탁지 않게 생각하는 것이 눈에 보입니다. 살다 보면 둘이 만나게 되는 일도 있을 수 있는데 그럴 때는 굉장히 조심스러워질수밖에 없고 신경을 쓸 수밖에 없는 것에 대한 불만이 쌓이게 됩니다.

　남녀가 단둘이 만남을 갖는 것에 대한 인식은 동성친구 둘이 만나는것처럼 자연스럽게 생각하는 사람과 다른 시선으로 바라보는 사람으로 나누어집니다. 어쩌다 나와 여자친구 둘만 있는 것을 목격하면 이성으로서 만나는 것으로 유추하는 말이 떠돌게 되는 것에 당혹하게 됩니다.

　사실이 그렇지 아니하니 신경 쓸 필요 없다는 자기변명과 쓸데없는 오해를 부르는 행동은 하지 않는 것이 좋다는 현실적 판단 사이에서 갈지자 행보를 하는 자신이 한심할 때도 있습니다. 고희를 넘긴 이 나이에도 이 문제를 깨끗하게 정리하지 못하고 스트레스를 받고 있는 졸장부입니다. 이성 친구를 만날 때는 둘만의 모양새를 피해 한 사람 더 억지로라도 끼워 넣는 수고를 합니다. 그러고는 스트레스를 받습니다. 우스개같이 시중에 떠도는 초등학교 동창 간의 탈선 얘기가 이성 친구를 만나기 힘들게 하는 분위기를 만드는 것 아닌가 합니다.

여러 가지 이유들이 얽히고설켜서 이성친구 만나기 힘들지만 그렇다고 친구를 안 만날 수야 없지 않겠습니까?ㅎㅎ

느낌

사라진 천고마비天高馬肥

비가 추적거리고 있습니다. 아침 운동 갈 시간인데 갇혀 있습니다. 올가을은 가을장마라고 할 정도로 비가 자주 오고 있습니다. 하늘은 높고 말은 살찐다는 풍요의 계절인데 구름이 가린 잿빛 하늘에서 지겨울 정도로 비가 내리고 있습니다. 곡식이 제대로 영글지 걱정됩니다. 인간의 탐욕이 초래한 탄소 과잉으로 기후가 변하는 탓인가 하는 염려가 들기도 하고 어릴 적에도 올해처럼 가을비가 잦아서 논바닥에 말리던 벼에서 싹이 났던 기억도 있어서 이럴 수도 있겠거니 하는 생각이 들기도 합니다.

어쨌든 잦은 가을비가 이로울 것은 없습니다. 벼농사짓는 것도 내가 자랄 때 와는 완전하게 달라졌습니다. 삼십 대 이후에는 농사짓는 것과는 멀어졌습니다. 사람의 손으로 못자리 파종부터 탈곡까지 하던 옛날 농사를 직접 경험한 나에게 모든 과정을 기계로서 대체하는 요즈음의 벼농사는 생경하기만 했습니다. 짚동棟이 성곽 처럼 줄지어 쌓여있던 추수 뒤의 벌판은 콤바인이 하얀 천으로 짚단을 포장해서 들판의 곳곳에 늘어놓은 모습으로 바뀌었습니다. 처음에는 들판의 곳곳에 널려있는 하얀 짚단 뭉치를 보고 저게 뭐지 하고 어리둥절하기도 했습니다. 농약이라고는 거의 치지 않던 밭농사에도 요즈음은 거의 모든 작물에 농약을 쳐야 하는 환경으로 바뀌었습니다. 인간이 좀 더 많은 수확을 하기 위해 간섭하기 시작하면서부터 자연 생태계가 무너진 탓이라고 생각하고 있습니다. 농사뿐 아닙니다. 인간의 욕심이 담긴 손길이 지나간 곳에는 지구의 모든 것들이 심하게 몸살을 앓고 있습니다. 산과 강, 하늘과 바다 어느 한 곳 성한 곳이 없습니다. 이쯤에서 멈추어야 공생할 수 있을 것 같은데 그게 쉽지 않을 것 같습니다.

등화가친燈火可親의 계절이라고도 합니다. 등잔의 심지를 돋우고 책을 가까이하기 좋은 계절입니다. 문사철文史哲 어느 쪽을 읽어도 좋을 것 같은데 딱히 읽고 싶은 책이 떠오르지 않습니다. 신문을 정독하는데도 한나절 가까이 걸립니다. 미적대면서 이 좋은 계절을 보낼 것 같습니다.

느낌

마음 열게 하기

　아침 운동을 하는 삼계근린공원은 운동기구가 적당하게 배치된 꽤 괜찮은 운동 공간입니다. 내가 분성산에서 감탄하는 것은 표고 400미터가 채 안 되는 야트막한 산에 물이 엄청 풍부하다는 것입니다. 구산동 마애불 옆에 있는 물만골 약수터는 이름 그대로 약수가 넘쳐납니다. 아무리 가물어도 마르는 일이 없습니다. 계곡 곳곳에 약수터가 있습니다. 가야대 입구에서 천문대까지의 임도林道는 가벼운 등산을 하고자 하는 사람들에게 안성맞춤의 코스입니다. 많은 시민들이 하루 종일 이용합니다.

　나는 새벽에 가기 때문에 운동길에 만나는 사람들은 새로운 하루를 시작하면서 맨 먼저 만나는 사람들입니다. 오랜 시간같이 운동을 하는 사람들이 대부분입니다. 새로운 얼굴도 만나게 됩니다. 늘 만나다가 어느 날 안 보이는 사람도 있습니다. 대부분 나이 드신 어르신들이고 중·장년도 있습니다. 살아온 이력도 다양합니다. 사업하신 분부터 월급쟁이까지 다양한 이력을 가진 분들을 만나게 됩니다. 낯이 익지 않은 사람들에게 인사를 건네면 반응이 3가지 정도로 나누어집니다. 첫 번째는 반갑게 인사를 받아주는 사람들입니다. 그다음 날부터는 서로 먼저 인사를 합니다. 서로에게 기분 좋은 느낌을 선사합니다.

두 번째는 심드렁하게 대답하고 가는 사람입니다. 다음날 먼저 인사하기가 신경이 쓰입니다. 가까워지기가 쉽지 않습니다. 세 번째는 못 들은 체 아무 대답 없이 지나가는 사람입니다. 입을 걸어 잠그고 갑니다. 그래도 만나면 무조건 인사를 합니다. 하루 이틀 사흘 계속하면 언제부터인가는 결국 인사를 받습니다. 반응을 보이게 됩니다. 하루를 시작하면서 처음 만난 사람들과 기분 좋게 헤어져야 그날 일과가 기분 좋게 풀려나갈 것 아니겠습니까?

　한 사람의 마음을 열게 하고 서로가 기분 좋게 하루를 시작하기 위해서는 내가 겸손하고 낮은 자세로 먼저 다가가야 한다는 것을 배웁니다. 그래야 닫힌 마음을 열수가 있습니다. 반갑게 인사하고 기분 좋게 하루를 시작할 수 있습니다.

만들기와 나누기

국가의 책무는 국민의 생명과 재산을 안전하게 보호하고 지키는 것입니다. 생명의 안전과 재산의 보호를 받는 대가로 국민은 땀 흘려 번 돈을 세금으로 납부합니다. 나라의 지도자는 국민이 먹고, 입고, 잠잘 수 있도록 해야 하며 어느 집 곳간에서는 쌀이 썩어 나는데 어느 집에서는 끼니를 굶고 있다면 남아도는 곳간의 쌀을 세금으로 거두어서 굶고 있는 집에서 밥을 먹을 수 있도록 최저생계비를 지원해 주는 것이 분배이고 복지입니다. 나라가 해야 하는 일입니다.

빵을 만드는 것이 가장 중요하고 그 다음에는 어떻게 골고루 나눌 것인가 하는 문제를 해결하는 것이 정부가 할 일입니다. 골고루 나눈다는 것이 그렇게 간단하지 않습니다. 빵을 만드는 데 밀가루를 제공한 사람, 소금과 설탕을 제공한 사람, 빵 굽는 도구를 제공한 사람, 반죽을 한 사람, 불을 피워 굽기를 한 사람 등 역할에 따른 기여도와 일한 사람이 부양하는 가족의 수 등 여러 가지 변수를 포함한 복잡한 계산이 필요합니다. 빈부격차와 그로 인한 갈등이 사회문제가 될 수 밖에 없는 원인입니다.

대통령 후보 선출한다고 야단법석입니다. 뉴스에 도배질을 합니다. 보기 싫어도 선택의 여지가 없이 봐야 합니다. 빵을 더 많이 만들기 위해 필요한 일자리를 늘리겠다는 공약은 잘 보이지 않습니다. 많이 나누어 주겠다는 공약은 넘쳐 납니다. 복잡한 계산이 필요 없는 기본소득을 주겠답니다. 누구는 주고 누구는 안 주는 데서 오는 불만을 없애겠다는 얘기입니다.

재벌 회장님과 동네 영세민이 똑같은 기본소득을 받게 됩니다. 코로나 재난지원금을 국민 위로금이라고 사탕발림해서 똑같이 나누어 줍니다. 코로나 집합 금지로 가장 큰 피해를 입은 소상공인과 자영업자들이 스스로 목숨을 끊고 폐업하는 행렬이 줄을 잇고 있습니다. 빵을 어떻게 갈라야 하는지는 너무도 쉽게 알 수 있습니다.

아무런 효과도 의미도 없는 전 국민 갈라주기가 아니라 목숨을 끊어야 할 만큼 절박한 사람들에게 주어야 하는 것입니다. 알면서도 왜 그렇게 하지 않을까요? 코앞에 다가온 대통령선거에서의 표 계산 때문은 아니라고 믿고 싶습니다! 빵을 많이 만들 공약이 가장 확실하고 국민에게 인기는 없지만 나라 곳간을 지키면서 쓸 곳에 돈을 쓰겠다는 후보를 찾아내서 표를 찍겠습니다. 국회의원을 100명 정도로 줄이겠다는 후보가 있나요?

느낌   🐱💗 ⚫💗 👧💗 💗 💗

며느리

　큰 아들내미 집의 정수기 관에서 누수가 되어 나무 재질의 거실 바닥재가 썩었고 썩은 바닥재 교체 공사를 하고 있습니다. 생각보다 일이 많아서 며느리가 당분간 저희들하고 같이 지내게 되었습니다. 단둘이 덩그렇게 살던 집에 며느리가 들락날락하니 집안 분위가 활기차고 사람 사는 맛이 납니다. 어느 집이든 마찬가지겠지만 며느리들에게 시댁은 불가근불가원不可近不可遠의 존재인 것 같습니다. 가장 가까운데도 어딘가 마음 켕기는 곳이 시댁인가 봅니다. 분가해서 사는 것이 오래되었고 명절이나 제사 또는 생일 등 가족모임 외에는 어쩌다 한 번씩 들러는 정도의 왕래를 합니다. 둘 다 가까운 곳에서 살고 있습니다. 큰며느리는 결혼한 지 24년 되었고 작은며느리는 16년 되었습니다.

　그 오랜 세월 동안 내가 며느리들에게 살갑고 다정하게 대해서 가족으로서의 정이 도타워지도록 했는지 평가해 보면 좋은 점수를 받기 어렵다는 생각이 듭니다. 마음은 며느리들을 예쁘게 보며 아끼고 사랑하는데 그게 행동으로 나타나서 상대에게 제대로 전달이 되지 않으니 친정아버지 처럼 편안하지는 않겠지요. 나름대로 가까이 다가가려 하는데도 원하는 만큼 눈에 보이는 게 없습니다. 넉넉하지 못한 집으로 시집와서 정말 열심히 자식 키우며 알뜰살뜰 살고 있는데 내가 해줄 수 있는 게 별로 없어서 짠~한 마음이 들 때도 있습니다. 남편과 성격이 달라도 너무 많이 달라서 서로가 마음고생을 하는 새아기를 보면 가슴이 아픕니다. 하루빨리 서로를 이해하고 배려하면서 오순도순 살기를 세월이 약이라는 마음으로 기다리겠습니다. 귀한 남의 딸들을 데려와서 고생만 시키는 것 같아서 마음 편하지는 않지만 그래도 아이들 잘 키우며 의젓하고 바르게 살아가는 며느리들이 항상 고맙고 감사하고 때로는 안쓰럽습니다. 친정아버지 버금갈 정도로 마음 편히 나를 대할 수 있도록 며느리의 마음을 열려면 어떻게 해야 할지 좀 더 생각해 보겠습니다. 그걸 행동으로 옮기는 것은 또 서툴 수 있겠지요 마음 따로 행동 따로...

느낌

지방 천민

국가의 역량이 우리나라만큼 수도권에 집중된 나라가 없습니다. 인구, 경제, 문화의 발전이 수도권에 지나치게 편중되어 지방과의 격차가 너무 크고 그것이 나라의 균형 발전에 심각한 부작용을 초래하고 있는 것입니다.

국토 면적 12%의 수도권에 인구의 51%, 국가 총생산(GDP)의 51.8%가 집중되어 있습니다. 수도권 집중이 우리 처럼 심하다는 일본도 33%, 프랑스 31% ,영국 23% 정도이고 그 외 나라들은 우리와 비교할 수 없을 정도로 수도권 집중이 덜 합니다. 심지어 독일과 미국은 4.4%,와 0.7% 정도로 역차별이라고 해도 과언이 아닐 정도로 행정수도와 경제 중심축이 분리되어 있습니다.

인구와 산업의 과도한 수도권 집중과 더불어 또 하나의 큰 문제는 서울 사람들의 선민의식입니다. 조선 개국 이래 600여 년의 수도가 된 서울 사람들의 선민의식은 자신들도 알게 모르게 머리부터 발끝까지 배어 있습니다. 그 사람들의 머리에는 서울 외의 지역은 모두 지방입니다. 그리고 시골입니다. 대구 가는 것도 지방 가는 것이고 광주 가는 것도 지방 가는 것이지 대구나 광주 가는 것이 아닙니다. 중앙과 지방으로 구분하고 변두리라는 인식이 뼛속까지 박혀있는 것입니다. 부산 가는 것도 시골 간다고 말합니다. 제2의 도시라는 부산도 그들에게는 시골이라는 의식이 뿌리 깊게 자리 잡고 있습니다. 이해찬이라는 노망든 전 여당 대표가 "초라한 도시 부산"이라고 말한 것이 결코 우연한 실수로 뱉어낸 말이 아니라는 것입니다.

서울 외는 모두 시골이라고 생각하고 있습니다. 이름부터 특별 시민인 서울 사람의 선민의식은 지방에 사는 사람들의 상상을 훨씬 뛰어넘을 정도로 뿌리 깊고 오래된 의식입니다. 그들의 눈에는 지방에 사는 천민들입니다. 이 천민들이 어떤 인연이 닿아 서울에 살게 되면 계속 서울에 살기 위해 그 어떤 대가도 지불할 수 있고 힘겨움도 버텨내며 발버둥을 칩니다.

이름 없는 민초들이 그러한데 힘깨나 쓰던 사람들이 낙향하는 것은 상상도 할 수 없는 일이지요. 자자손손 서울에서 살아야 합니다. 그런 측면에서 노무현 대통령의 봉하 마을 낙향은 시사하는 바가 매우 큰일이라고 생각합니다. 이런 병폐를 고치는 방법은 청와대를 비롯한 중앙행정기관과 국회 등의 완전한 지방 이전입니다.

미국이 경제중심의 뉴욕과 행정중심의 워싱턴으로 구분해서 만든 것 처럼 해야 한다는 것입니다. 국가 균형 발전을 위한 중앙정부의 지방 이전 시도가 몇 차례 있었지만 서울 사람들의 반발에 부딪혀 번번이 실패하고 기형적으로 남아 있는 게 세종시

입니다.

　백년대계의 국가 균형 발전과 지역차별 해소, 그리고 지방 거주 천민들의 신분 해방을 위해 반쪽이 된 수도 이전 계획이 온전하게 이루어지기를 기대합니다.

느낌

코스모스

가을을 대표하는 꽃은 코스모스와 국화입니다. 그 중에서도 코스모스가 나의 동심의 세계를 지배하는 꽃이라고 할 수 있습니다. 민둥산이 대부분이었던 유년 시절 비만 오면 떠밀려온 돌멩이들이 하천변에서 자갈이 되어 지천으로 깔려 있었고 가을이 되면 코스모스가 흐드러지게 피어서 바람결 따라 넘실 거렸습니다.

달이 밝은 밤이면 달빛 아래 보이는 코스모스는 몽환적 풍경을 그려내는 화가의 그림 같았습니다. 추석이면 씨름대회가 열려서 오랫동안 못 보던 얼굴을 만나볼 수도 있었고 친구들과 무리 지어 하천의 코스모스 밭으로 산책을 한 기억이 새록새록 떠오릅니다. 기억을 되살려 가본 고향의 하천 생태계는 몰라보게 달라져 있었습니다. 자갈은 온데간데없고 퇴적토가 쌓인 하천변에서는 코스모스 대신 잡초만 무성했습니다.

나무가 우거져서 비가 와도 떠내려올 돌이 없으니 자갈이 사라졌습니다. 자갈 틈으로 자라던 코스모스도 잡초에게 자리를 내주고 말았습니다. 시인의 노래처럼 산천은 그대로인 것 같은데 생태계는 많이 달라져 있었습니다. 코스모스 찾아가는 여행이라도 해볼까 싶습니다.

느낌

댓글 **김영순**
명절 잘 보내고 계시지요?
시대가 변함에 따라 선호도도 바뀌는지
요즈음은 코스모스 자리에 금계국이 떠~억 하니
주인 행세를 하는 곳이 많지요
가족들과 풍성한 한가위 보내세요

방승섭 ▷ 김영순
고마워요 명절 잘 쉬세요!

김주영
한가위 다복하게 지내세요. 삼락생태공원, 강서체육공원,
아님 추석 지나 하동 북천역으로 함 나들이 가시면
흐드러지게 피었을 것 같아요.

방승섭 ▷ 김주영
같이 함 가보자

친구 I

　일생 동안 많은 인연을 맺으면서 살게 되지만 그 중에서도 친구라는 인연은 특별하고 소중한 인연이라고 할 수 있습니다. 흔히 친구는 수數보다 그 깊이가 중요하다고 말합니다. 진정한 친구가 단 한 명이라도 있다면 성공한 인생이라고 합니다. 성공은 친구를 만들고 역경은 친구를 시험하며 어려울 때 친구가 진정한 친구라고 합니다. 이상적인 친구 사이를 얘기할 때 관포지교管鮑之交의 사례를 떠올리고 그렇게 친구를 사귀려고 노력합니다.

　어려움을 나눌 수 있는 친구가 얼마나 될지 곰곰 생각해 보니 선뜻 손꼽히는 친구가 잘 떠오르지 않습니다. 그것은 내가 어려운 친구를 걱정하고 도와주고 같이 아파한 적이 별로 없다는 얘기입니다. 진정한 친구가 되어준 기억이 별로 없으니 진정한 친구라고 손꼽을 수 있는 친구가 없는 것입니다. 어쩌면 마땅히 친구는 이래야 한다는 생각이 옛날과 지금은 많이 달라진 탓 일 수도 있습니다.

　친구를 위해서 모든 것을 희생할 수 있어야 진정한 친구라는 고전적 생각에서 일상의 희로애락을 같이 할 수 있는 정도의 친구로 친구의 개념이 변한 탓도 있을 것입니다. 생사고락을 같이 할 수 있느냐고 물으면 그렇다고 자신 있게 대답할 수 있는 친구는 선 듯 떠오르지 않지만 기쁨과 슬픔을 같이 나눌 수 있는 친구는 손쉽게 꼽을 수 있습니다. 아침신문의 칼럼을 보고 친구 생각을 했습니다. 생각한 김에 추석 쇠고 소원했던 친구 얼굴 볼 수 있도록 날짜 한번 잡아 봐야겠습니다.

느낌

댓글 **김기덕**
많이들 보고싶네요.

사물을 보는 눈, 대하는 자세

노인 한 사람이 사라지면 도서관 하나가 사라진다는 세간의 이야기가 있습니다 과하게 부풀려진 면이 없지는 않지만 노인의 축적된 경륜이 뒤따라오는 젊은이들에게 길잡이가 된다는 의미로 받아들이면 될 것 같습니다. 나이가 들면 똑같은 사물, 현상, 사념에 대한 인식과 생각이 젊을 때와는 많이 달라집니다.

한 그릇의 밥을 먹으면 젊을 때는 왕성한 신진대사 활동으로 에너지가 전부 소비되지만 나이 들면 남은 에너지가 뱃살로 저장되어 배가 나오게 됩니다. 새벽 하현달을 보면 반달로만 보이던 것이 나이 들면 기우러져 가는 달에서 저물어 가는 인생을 보게 됩니다. 어린아이들을 귀엽게만 보다가 인생의 미래와 삶의 윤회를 보게 됩니다. 꽃의 아름다움만 보다가 시든 뒤의 열매나 씨앗을 보게 됩니다. 이렇게 사물을 보는 눈과 대하는 자세가 달라지게 됩니다.

누구 결혼한다는 소식보다는 누구 돌아가셨다는 부음을 더 자주 접하게 되는 요즈음은 사물과 인생을 대하는 시선과 자세가 청춘 시절의 눈에서는 볼 수 없고 느낄 수 없던 것을 새롭게 보고 느끼게 됩니다. 뒤늦게 다시 볼 수 있고 느낄 수 있는 것들을 잘 다듬어서 지금의 청춘들이 좀 더 일찍 보고 느낄 수 있게 해

준다면 사색의 영역이 좀 더 다채롭고 살아가는 것이 슬기로워
질 수 있을 것 같다는 생각입니다. 노, 소간의 대화와 소통이 많
아질수록 좋겠다는 생각이 들었습니다.

 느낌

댓글　김영순
　　　노, 소간에 소통보다는 단절이 오히려 익숙해지는 현실이
　　　라 괜히 섣부르게 말을 건네기보다는 침묵으로 일관하게
　　　됩니다. 비겁한 방법인지 모르지만..

　　　이희분
　　　모두 마음에 와닿는 말씀인것 같습니다. 김형석 교수님이
　　　말씀하시든가요. 나이가 65세 되어서야 생의 깊이를 알게
　　　되고 연륜이 깊어질수록 옆엔 좋은 친구가 많아져야한다고
　　　.. 요즘은 제가 피부로 느끼고 있습니다. 소통할수있는친구,
　　　정감을 같이 나눌수있는친구. 삶의 의미를 깊이 느껴가며
　　　이 아름다운 가을에 더욱 더 그리워지겠지요. 많은 선생님
　　　의 글 공감을 느끼며 생각하며 감사함을 느끼며 ~^.^

백석과 동주

　백석과 윤동주의 시집을 읽고 있습니다 요즈음 들어서 시집을 많이 찾는 이유는 책을 읽는데도 체력이 필요하다는 걸 느꼈기 때문입니다. 특히 노안으로 글자가 겹쳐 보이거나 잘 안 보이기 때문에 젊은 시절 처럼 밤을 세워 가면서 책을 읽는다는 것은 꿈도 못 꾸는 형편입니다. 3~4십분 정도 보고 나면 쉬어야 합니다. 자연스럽게 읽기 편한 시집을 손에 자주 잡게 되었습니다.

　김소월 시집을 청소년기에 접해 본 후 시집을 읽는 경우는 거의 없었습니다. 단편적으로 소개되는 시를 읽거나 신춘문예 당선작을 읽어 보는 정도였습니다. 요즈음에야 본격적으로 시를 읽고 있는 초보 독자라고 할 수 있습니다. 시를 읽으면서 옆에 국어사전을 두고 찾아보며 읽어야 합니다. 특히 백석의 시는 오래된 우리말과 평안도, 함경도 사투리를 그대로 구사하기 때문에 해설자의 주석과 사전을 찾아보지 않으면 무슨 말인지 이해가 되질 않습니다. 최명란의 소설 혼불을 읽을 때의 느낌을 백석의 시에서도 비슷하게 느낀다고 할까요? 엄혹한 일제강점기를 겪어 나가는 청년 지식인들의 꿈과 절망이 마음으로 느껴집니다.

　특히 백석이 말년에 북한의 조선문학에 발표한 시들을 읽을 때는 신념을 꺾고 입에 풀칠을 하기 위한 굴신을 하는 것이 애처롭게 보였습니다. 시인의 기구한 운명이 너무도 생생하게 느껴져서 마음이 씁쓸했습니다. 내가 편집자라면 그런 작품은 빼 버리는 게 시인을 위해서도 좋을 것 같다고 생각했습니다. 문학사에 큰 족적을 남긴 두 분의 시 세계를 나름 천착해 보는 값진 시간이었습니다.

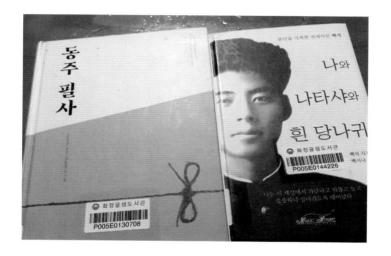

댓글　**이희분**
저도 시인 윤동주 좋아합니다 하늘과 바람과 별과 시 무척 좋아하기만 했는데 우리 민족을 많이 사랑했던 시인.. 무언가 마음에 깊은 뜻이 있었네요 저도 공감을 느끼며...

다시금 그 분들의 힘들었던 역경기 생각하며~~

아버지의 밥상 반섞이

　내가 태어난 건 해방되고 3년 뒤 6.25 동란 한해 전이었습니다. 한창 자라날 시기에는 너나없이 살기가 참 고단했던 시절이었습니다. 봄철 보리 이삭 패서 익기 시작할 무렵이면 굴뚝에서 연기 끊어지는 집이 간간이 보이기도 했었고 면사무소에서 절량농가 조사를 하기도 했습니다. 끼니를 잇기가 힘겨운 사람들이 제법 있었지요 보릿고개라는 말이 나온 연유이기도 합니다.

　어머니가 밥을 지을 때는 밑에 삶은 보리쌀을 깔고 밥뚜껑 한 접시쯤 쌀을 위에 얹고 끓인 후 뜸이 돌고 나면 쌀과 보리쌀이 반반쯤 섞이도록 저어서 아버지 밥을 한 그릇 먼저 담은 후 나머지는 쌀과 보리쌀이 고루 섞이도록 휘저어서 밥을 그릇에 담았습니다. 아버지 밥그릇은 쌀과 보리쌀이 반반쯤 섞인 반섞이였고 내 밥그릇은 어쩌다 쌀알이 하나씩 보일락 말락 하는 보리밥이었습니다. 어쩌다 아버지가 남긴 밥을 먹게 되면 그날은 그야말로 운수 좋은 날이 되는 것입니다. 보리밥도 먹지 못하고 멀건 죽을 먹거나 한 끼를 건너뛰는 사람들에 비하면 보리밥을 먹을 수 있는 것만으로도 감사해야 될 일이었지요.

　그렇다고 살기가 그렇게 각박하거나 메마르지는 않았습니다. 이웃을 걱정하고 서로 돕는 상부상조의 정이 있어 고비를 넘길

수 있었습니다. 봄철 어려울 때 쌀밥을 지어 먹는 것도 죄짓는 것 처럼 생각하던 시절은 옛이야기가 되었고 지금은 탄수화물이 건강을 해치는 주범으로 몰려서 쌀밥을 먹는 것을 꺼려 하는 세상이 되었습니다. 단백질은 몸에 좋고 탄수화물은 건강을 해친다는 해괴한 논리 앞에 어안이 벙벙해집니다.

  떠돌이 생활에서 정착생활로 전환하는 결정적 동기가 된 농사의 결과물인 곡식이 천대받을 줄이야 누가 상상이나 했을까요? 쌀 한 톨이 천금같은 시절에 살다가 쌀밥이 있어도 없어도 그만인 세상에 산다는 게 어지러워서 해보는 소리입니다.

순애보

의료사고로 39년간 식물인간으로 살아온 프랑스 축구선수가 결국 숨졌다는 보도가 있었습니다. 40년 가까운 세월 동안 목숨을 유지한 배경에는 52년간 함께 살아온 아내의 헌신적인 희생이 있었습니다. 흑인 축구 국가 대표 선수였던 남편이 무릎 수술을 위해 마취제를 맞다가 폐에 삽관이 제대로 되지 않아 의식 불명 상태가 되었습니다. 의식은 없어도 호흡은 스스로 할 수 있기 때문에 의식을 되찾을 수 있을지도 모른다는 희망을 버리지 않고 내가 먼저 죽으면 남편은 어떻게 될까 걱정하며 지냈다고 했습니다.

흑인 남편이라는 사회적 편견 속에 두 아들을 키워 내고 남편 병수발을 한 백인 여성의 초인적인 세월 39년 앞에 고개가 숙여지지 않을 수 없습니다. 사랑의 힘은 얼마만큼 깊고 크며 끝을 알 수 없을 만큼 넓은지 측정할 수가 없는 것 같습니다. 며칠 전 돈 때문에 2명의 여자를 무참하게 살해하고 왜 죽였느냐는 기자들의 질문에 더 못 죽여 한이 된다고 패악질을 부린 강 모라는 사내 같은 사람도 있습니다. 많은 사람들이 다양한 양태로 살아가는 세상이지만 이렇게 극과 극의 모습을 보게 되면 인간의 본성에 대한 물음을 다시 한번 던져 보게 됩니다. 인간은 선악의 양면성을 가지고 태어나지만 이성으로 본성을 제어할 수 있고 인간 이기를 거부하는 패륜아보다는 따뜻한 시선으로 서로를 보듬는 사람들이 훨씬 많아서 세상은 그래도 아름답고 살아갈만한 곳이 되는 것 아닌가 합니다.

쓰레기 하나라도 치우는 사람, 공동체에 물방울처럼 작은 보탬이라도 되는 사람 이어야 한다고 다짐합니다. 작심삼일 일지라도 안 하는 것보다는 하는 것이 나 자신의 삶을 풍요롭게 할 것 같아서...

느낌

일상의 소중함

오늘 아침 대부분의 아이들이 학교에 등교하는 것 같았습니다. 코로나로 이름 붙인 역병이 발생한지 1년 하고도 반년이 더 지나가는 동안 가장 많은 아이들이 등교하는 것 같았습니다. 당연한 아이들의 등교가 왜 그렇게 반갑고 보기 좋습니까! 친구들과 장난을 치거나 담소를 나누며 삼삼오오 무리 지어 등교하는 아이들이 모두 내 손주들 같이 이뻤습니다. 덩달아 내 기분도 상쾌해졌습니다.

지금 방역당국 인지 뭔지 하는 친구들이 전염병 예방이라는 구실로 국민들에게 강요하는 기본권 침해와 일상생활의 제약이 한계를 넘고 있습니다. 국민들의 고통이 하늘을 찌릅니다. 전염병으로부터 국민을 보호한다는 건드릴 수 없는 명분 앞에 화풀이 한번, 군소리 한마디 못하고 납작 엎드려 지냅니다. 모임 인원 제한이 고무줄 처럼 늘었다 줄었다, 업소의 영업시간이 당겨졌다 늦추어졌다 속된 말로 엿장수 마음대로입니다. 그렇게 조석 변덕을 해야 되는 근거나 이유는 제시하지 않습니다.

9시에서 10시로 한 시간 더 영업을 하는 것이 얼마나 전염병 확산의 요인이 되는지 2명이 모이는 것과 4명이 모이는 것이 얼마나 예방효과가 차이 나는지 근거를 가지고 국민을 설득하는 꼴을 못 봤습니다. 어디는 되고 어디는 안되고 낮에는 몇 명이 되고 밤에는 몇 명이 되고 복잡하기 그지없는데 그걸 다 외워서 지키라는 건지 아니면 그때그때 부딪혀 보고 되면 하고 안 되면 하지 말라는 건지 알 수 없습니다. 대국민 방역 브리핑도 기가 막힙니다. 몇 명이 발생했다고 숫자만 늘어놓다가 줄어들면 k방역 자랑이고 늘어나면 거리 두기 등 방역수칙을 더 철저히 지켜야 한다고 엄포를 놓아 그 책임을 국민 탓으로 돌려 버립니다.

영국은 거리 두기 등 방역수칙을 어떻게 해서 해제했는지, 문제가 무엇인지, 우리는 왜 그렇게 할 수 없는지, 우리는 언제쯤 방역수칙을 해제하고 국민들이 제약 없이 일상생활을 할 수 있는지를 브리핑해야 되는 것 아닌가요? 손자들 하고 밥 한 그릇 먹는 것도 안되고, 명절에 가족이 모여 조상 차례 지내는 것도 안되고, 친근한 이웃이나 친구들과 모임 한번 못하는 게 1년 하고도 반년이 넘는 세상이 사람 사는 세상이라 할 수 없지요! 언제쯤 코로나 이전의 평범하지만 사람 살만한 일상으로 돌아갈 수 있을까요? 이 우라질 GSGG들!

느낌

댓글 **김주영**
GSGG, 참 많이 하는 말인데 국회놈들은 똑같은 말이라도
놈답게 말을 하네요.

김영순
고무줄법 적응하느라 무지한 한 사람
지금 ♪♬♩♪～지는 기분입니다.
저만 그런지요? ㅠㅠ

農璇 鄭漢植
지금 정권은 코로나 정치하는것 아닙니까?
방역수칙은 전세계적으로 우리국민들이
제일 잘지키지요
그것을 K방역이라고 자랑만하고～～～

지구 따라 돌기

지구가 태양을 한 바퀴 돌면 일 년이 되고 스스로 한 바퀴 구르면 하루가 되며 24등분 하여 시간이 됩니다. 시간이 흘러 하루가 되고 하루가 가면 세월이 되고 세월이 쌓여 인생이 됩니다. 지구 따라 도는 것이 인생이 됩니다.

우리는 오늘도 지구 따라 돌며 삶의 궤적을 그리고 있습니다. 그 궤적은 멀리서 보면 비슷하지만 가까이서 보면 모두 다릅니다. 수평도 있고 곡선도 있습니다. 둥근 것도 있고 타원형도 있습니다. 그 궤적에는 기쁨도 있고 슬픔도 있습니다. 성공도 있고 실패도 있습니다. 밝음도 있고 어둠도 있습니다. 홀로 혹은 함께 수평으로 가고 곡선으로도 갑니다. 삶을 짊어지고 부지런히 갑니다. 가벼운 사람도 가고 무겁고 힘겨운 사람도 쉼 없이 갑니다. 가야 될 곳은 알지만 얼마나 가야 될지는 모릅니다. 10년을 갈 수도 백 년을 갈 수도 있습니다.

아니 단 하루 밖에 갈수 없을지도 모릅니다. 갈림길에서 망설이다 지름길로 갑니다. 둘레길도 갑니다. 오늘도 지구 따라 돌고 있습니다. 꽃길을 가시밭길같이 걷습니다. 가시밭길을 꽃길같이 걷기도 합니다. 오늘은 어떻게 걷고 있나요? 걷다 보면 헛발을 디딜 때도 있습니다. 나만 헛딛는 것 아닙니다. 조금 빨리

헛 딛거나 조금 늦게 헛디딜 뿐 길게 보면 누구나 헛발을 디딥니다. 기우뚱했던 몸을 추스르고 다시 걷습니다. 희망과 함께 걷기도 하고 좌절과 함께 걷기도 하며 홀로 그리고 함께 지구 따라 돌고 있습니다. 삶의 여정이 끝날 때까지 돕니다. 내일도 돌고 있을 겁니다. 세상 구경 올 때 메고 온 단봇짐 메고...

느낌

댓글   김영순
        왕복이 되지 않는 길지 않는 인생길,
        훗날 누군가가 저를 기억할 때
        나쁜 사람은 아니었지? 그런 말 한마디
        들을 수만 있으면 족하다는 생각으로
        켜켜로 세월을 쌓아갑니다.

사람 능력 밖의 일

살다가 보면 내 능력 또는 인간의 능력을 초월하는 여러 가지 일들과 부딪치게 됩니다.

50대 후반의 당질이 뇌에 종양이 자라서 수술을 했다는 말을 들었습니다. 벌초 때문에 전화를 한 그 애의 형에게서 접한 소식입니다. 40대 초반에 처음 종양 수술을 받은 뒤 세 번째 똑같은 수술을 받은 것입니다. 종양이 악성은 아니어서 불행 중 다행이라고 할 수 있지만 지속적으로 발생해서 일정 기간 자라나면 제거해야 하니 앞으로 또 수술을 해야 할 가능성이 매우 높습니다. 투병하는 본인도 본인이지만 병수발을 들어야 하는 질부가 더 신경이 쓰이게 됩니다. 다른 신체 부위도 아니고 뇌를 열어야 하는 수술이니 아내의 위치에서 수술할 때마다 어떤 마음이 되겠습니까?

인간의 뜻이나 의지와 상관없이 발생하는 것이 질병이고 그 질병으로 생사가 뒤 바뀌기도 하나 완전하게 극복하는 데는 한계가 있습니다. 자연히 찾게 되고 의지하게 되는 것이 종교입니다. 종교의 근본 가르침을 추구하는 사람 들은 기복 신앙을 마뜩찮아 하지만 종교 탄생의 시원은 기복에 있고 종교의 근본으로 가르치는 불경, 성경은 차후 인간들에 의해 다듬어진 것이라는 생각을 가지고 있습니다. 질병 외에도 살아가면서 많은 어려움과 마주하게 되고 그 대부분이 개인이나 집단의 능력으로 해결할 수 있는 범위밖에 있는 경우가 많습니다. 나 같이 신을 믿지 않는 사람도 때로는 부처님 앞에서 하느님 앞에서 용왕님 앞에서 간절함을 호소하기도 합니다. 따지고 보면 놓인 문제를 해결해 달라기 보다 내 스스로의 안식을 얻기 위해서 일지도 모릅니다.

어떤 문제든지 시간이 지나면 해결됩니다. 아무리 능력 밖의 일 일지라도 내가 원했던 대로 이루어 지든 아니든 시간과 함께 내 곁을 떠나게 되는 것은 확실합니다. 인간은 그 해결의 도정道程에서의 사연과 결과들을 행복과 불행, 기쁨과 슬픔으로 나누고 일희일비합니다. 그렇게 살아갑니다. 그게 인생입니다. 당질의 쾌유를 기도합니다. 내가 할 수 있는 유일한 것입니다.

느낌

댓글 **이현조**
믿음으로 간절히 구하며 기도할 때
쾌유의 역사가 일어날 것입니다.
함께 기도합시다.

김주영
살다 보니 차마
듣지를 말지 하는 생각으로,
소용없는 걱정으로 마음이
무거워질 때도 있더군요.
좋게 풀려 가기만을 바라는 마음으로 ～

어머니의 틀니

　어제 아침 운동을 할 때였습니다. 항상 만나게 되는 사람이 인사를 건넸습니다.

　"건강하게 열심히 아침 운동을 하시니 참 보기 좋습니다"라고 하길래 "뭘요 내가 아직 몇 살 되지도 않았는데요" 하고 대답했습니다. 그랬더니 이 친구가 "국장님 나이가 작은 나이 아닙니다"라면서 나를 지나쳐 갔습니다. 49년생 이니 우리 나이로 73살입니다. 나는 그렇게 많은 나이는 아니라고 생각하고 있는데 사람에 따라서는 꽤 많은 나이로 생각하는 사람이 많이 있구나 하는 생각이 들었고 아버님 75세에 돌아가셨으니 적은 나이는 아닌 것 같습니다.

　아버님이 1970년에 돌아가셨지만 그 당시에는 꽤 장수하신 편에 들어가는 나이였습니다. 돌아가실 때까지 충치 하나 없는 건치였습니다. 어머니는 50대 중반부터 그 당시에는 흔치않은 틀니를 하고 계셨습니다. 60년대 그 당시 시골에서는 보기 드문 치과병원이 집 가까이 있어서 수시로 손을 봐 가면서 사용하신것 같습니다. 내가 김해로 오게 되어 어방동 주공 아파트에서 살고 있었는데 어느 날 아침 식사를 하고 계신 어머니의 틀니가 식탁에 얹혀 있었습니다. 오래되고 낡아서 헐렁거리고 잇

몸이 아파서 제대로 씹지를 못하는 것 같았습니다. 집 사람 보고 치과에 모시고 가라고 했습니다. 며칠 후 물어보니 노쇠하셔서 잇몸이 너무 많이 내려앉아 틀니를 하기도 힘들다고 해서 대충 수리를 해 왔다고 했습니다. 그런가 보다 하고 넘어갔습니다. 그 뒤에도 틀니가 식탁 위에 놓여 있었던 것 같습니다.

내가 나이가 들어 치과에서 임플란트 시술을 받게 되고 씹지 못하는 것에 대한 불편함을 알게 되자 뒤늦게 어머니에 대한 죄송함이 마음에 맺히기 시작했습니다. 내가 직접 모시고 가서 좀 무리를 해서라도 틀니를 해 드렸어야 했다는 자책감이 가슴을 짓눌렀습니다. 그게 두고두고 후회하게 되는 일이 되고 말았습니다.

몇 년 전 막내 누님(87세)께서 집에 오셨는데 옛날의 어머니처럼 식탁에 틀니가 자리 잡았습니다. 물어볼 것도 없었습니다. 바로 틀니를 해 드렸습니다. 어머니에 대한 죄책감을 들어내고 싶은 마음이었겠지요. 이번 일요일 벌초하러 산소에 가면 어머니의 틀니가 또 생각 날지도 모르겠습니다.

느낌

댓글   農璇 鄭漢植
돌아가신 부모님께 잘못한 일만
자꾸 생각하게 하는 글입니다. 너무 찡, 합니다.

김영순
부모님에 대한 각별한 마음을 읽으면서
저도 돌아가신 어머니에 대한 회한만
가득한 마음입니다. 살아계실 때 한 번 더 챙겨드리지
못한 죄송한 마음은 영원히 갚을 수 없는 빚이
되고 말았지요.

방휘명
그랬습니다.
한날은 저보고 치과에 같이 가자고
하신 적도 있었습니다.
해서 저녁답에 부모님께
제가 타박을 한 적이 있었는데..
글 보니 생각이 납니다.
명절이 다가오니 할머니가 더 그립습니다.

믿음

민무신불립民無信不立이라는 말이 있습니다. 백성이 믿어주지 않으면 나라를 세울 수 없다는 말입니다. 공자에게 제자가 물었습니다. 정치의 기본이 무엇입니까? 먹을 식량足食, 지켜낼 수 있는 힘足兵, 그리고 정부에 대한 백성들의 믿음民信이라고 했습니다. 3가지 중 하나를 버려야 한다면 무엇을 버려야 합니까? 지켜 낼 수 있는 힘을 버려야去兵 한다고 했습니다. 또 버려야 한다면 무엇을 버려야 합니까?

먹을 식량을 버려야去食 한다고 했습니다. 백성의 믿음信賴을 얻지 못하면 나라가 망하게 된다고 답한 것입니다. 아침 운동길에 집비둘기, 멧비둘기, 까치, 까마귀, 길고양이, 청설모, 다람쥐, 참새, 매미 등 다양한 생명들을 만날 수 있습니다. 인공소人工沼에 있는 비단잉어도 볼 수 있습니다.

가장 가까이 접하게 되는 것은 길고양이와 집비둘기 멧비둘기입니다. 이놈들과 사람 간에는 믿음이 깔려 있습니다. 사람이 자기를 해치지 않는다는 신뢰가 형성되어 있는 것이지요. 열매나 씨앗을 주워 먹는 놈들이 사람이 가까이 접근하는 것을 전혀 경계하지 않습니다. 발길에 밟힐 정도가 되어야 푸드덕 날갯짓을 하고 4~5미터 가서는 다시 모이를 찾습니다. 이런 믿음이 하루 이틀 일 년 이 년에 이루어진 것은 아닐 것입니다. 오랜 경험을 통해서 사람이 자기를 해치지 않을 것이라는 믿음이 쌓여서 나타나는 행동입니다.

사람이 사람을 가장 믿을 수 없는 세상이 되어 가는 것 같습니다. 여자에게는 남자가 가장 두려운 존재가 되어 가는 것 같습니다. 전자 팔찌를 끊고 아무 이유도 없이 여자를 2명이나 죽인 살인마가 잡혀가면서 하는 행동이 기가 막히고 탈레반이라는 자들이 여자가 얼굴을 노출했다고 사살한다는 보도를 들으니 사람이, 남자가 가장 믿을 수 없는 존재가 되어 가는 것 아닌가 합니다. 우리 정부에 대한 백성의 믿음은 어느 정도나 되나요? 대통령의 국정 수행에 대한 지지도가 40%에서 왔다 갔다 하는 것을 보면 가치관과 현실 인식도 참 다양하고 다르다는 것을 느끼고 지지율을 믿고 아집과 독선에 빠지지 않아야지 하고 생각합니다.

주한미군이 철수하면 나라가 망하는 것같이 선동하는 것도 싫지만 삶은 소 대가리 소리까지 들어가면서 저 자세로 북쪽에 굴신하는 것도 싫은 사람입니다.

정부에 대한 국민의 신뢰가 쌓여 갈수 있도록 정책의 일관성과 원칙을 지켜가기가 그렇게 어렵나요? 쉬운 길도 여럿일 것 같은데...

느낌

댓글   김영순
아집과 독선으로 가득한 군주한테
기대하기보다는 만리 사막에서 감로수
한 바가지 찾는 것처럼 어려운 일 일걸요.
스트레스만 받을 겁니다. ㅎ

보나 마나

　한국은행이 기준금리를 0.25% 인상해서 0.75%가 되었습니다. 양동이를 채울 수 있는 수도꼭지는 두 개입니다. 금융이라는 꼭지와 재정이라는 꼭지입니다. 양동이의 물이 넘치려고 하면 두 개의 수도꼭지를 다 잠가야 하지요. 재난지원금이다 뭐다 해서 마구잡이로 현찰을 뿌렸으니 돌아다니는 돈 즉 통화량이 엄청나게 (400조 원) 늘어났습니다.

　통화량 즉 돈이 흔해지면 물가가 당연히 오릅니다. 실물의 가치가 모두 오르지요. 땅값도 집값도 생필품도 모두 오르게 됩니다 만물이 오르게 되어 있습니다. 재화의 공급은 한정되어 있는데 돈은 마구 풀려서 늘어났으니 값이 오를 수밖에 더 있습니까? 금리를 인상해서 시중 유통자금을 은행으로 빨아드려 통화량을 줄이는 것이 금융정책이고 꼭지 하나를 잠그는 것입니다.

　금리가 인상되면 누가 힘들어 지나요? 은행에서 대출받아 집 마련한 서민, 장사 안돼서 융자금 대출받은 소상공인 등 은행 등에 채무가 있는 서민, 소상공인, 중소기업 사장 등이 이자 부담이 늘어나는 직격탄을 바로 맞게 됩니다. 지갑이 얇아지니 소비를 줄일 수밖에 없고 물가가 잡히게 되겠지요. 세금으로 거두어 들인 돈을 다시 풀지 않아야 통화량을 줄일 수 있습니다. 정부

지출을 최대한 억제하고 세금과 채권 등으로 시중돈을 회수해서 통화량을 줄여 나가는 것 즉 다른 꼭지 하나를 잠그는 것이 재정 정책입니다. 그래야 양동이의 넘치는 물을 멈출 수 있습니다. 한국은행 총재는 금리를 인상하면서 "통화정책만으로는 한계가 있다"라고 정책 공조를 호소했다고 합니다. 재정지출을 줄여야 한다는 얘기입니다. 정부 쪽에서 지출을 억제하는 조치를 하라는 말입니다. 재난지원금 살포를 줄이고 보조금 지출도 줄이고 관급공사 발주도 줄이라는 이야기입니다. 이 정부 사람들이 선거를 앞두고 재정지출을 줄이는, 표 날아가는 것이 눈에 보이는, 인기 없는 허리띠 졸라 매기를 국민들에게 요구할까요? 진정으로 나라를, 나라 살림살이를 걱정한다면 정권을 내놓을 각오를 하고 재정지출 동참을 국민께 호소해야 합니다. 그렇게 할 것 같습니까?

느낌

제3부

세상과의 괴리

뜻밖의 손님 뜻밖의 일

가까운 곳에서 매미소리가 요란했습니다. 소리 나는 쪽으로 가보니 뒤 발코니 방충망에 손님이 찾아와서 앉아 있었습니다. 말매미가 쉬다가 울다가를 반복하더니 20여 분 뒤 제 갈 길로 다시 갔습니다. 손님을 바라보는 마음이 착잡했습니다. 알과 유충으로 7년의 세월을 보내다가 20일 정도의 짧은 시간, 날개를 얻어 비행하면서 할 일 다하고 생을 마감하는 손님입니다.

계절의 끝자락이니 손님들의 한해 살이도 끝자락에 와 있을 것이란 생각에 마음이 아려 왔습니다. 살아가면서 뜻밖의 일을 자주 겪게 됩니다. 때로는 계획하거나 작정한 일보다 계획에 없었거나 생각하지 않았던 뜻밖의 일이 인생에 더 큰 영향을 미치게 될 때도 있습니다. 사고를 겪거나 병마가 찾아오거나 예상하지 못했던 난관에 봉착할 수도 있습니다. 어려운 선택을 해야 될 때도 있습니다.

어떻게 대처하느냐 또는 선택하느냐에 따라 인생의 방향과 목적이 완전히 달라지기도 합니다. 뜻밖의 일이 닥쳤을 때 가장 바람직하고 현명한 선택을 할 수 있으려면 어떻게 해야 될까요? 당연히 평소에 준비가 되어 있어야 하겠지요! 준비 없이 갑자기 바람직하고 슬기로운 선택이 이루어지지 않습니다. 잘못된 선택의 가장 큰 이유는 자기중심적 판단과 너무 많은 욕심을 낼 때입니다. 우리가 후회하는 결과를 받아들고 곰곰 생각해 보면 준비 없이 지나친 욕심을 내거나 타인에 대한 배려 없이 자기 이익을 도모하다가 실패를 하게 되는 경우가 대부분입니다. 마음의 평정심을 유지하고 객관적이고 냉정한, 때에 따라서는 손해를 기꺼이 감수하는 자세와 준비를 갖추면 뜻밖의 일에 부딪쳐도 후회하게 되는 선택은 피할 수 있지 않을까요?

느낌

댓글 **김미자**
과장님 귀한 손님 맞네요!^ 옛! 추억이 많이 생각나요

방승섭 ▷ 김미자
아직도 더위가 만만 찮은데 잘 지내나요? 서방님도 잘 계시고? 늘 재미도 없는 글을 읽어주어서 고맙습니다. 언제 얼굴 한번 본다는 게 남북통일되는 것만큼 힘드네요 건강하세요. 연락드릴게요.

손자의 급제

손자가 소방공무원 채용 시험에 최종 합격했습니다. 220명 정도를 채용하는데 2,400명 정도가 응시를 했습니다.

4월 3일 필기시험을 친 후 5월 18일 체력시험, 6월 15일 인·적성검사, 7월 26일 면접시험 등 여러 관문을 힘들게 통과한 뒤 필기시험 응시 이후 4개월이 다 되어 가는 오늘(8월 31일) 최종 합격자를 발표했습니다. 손자의 합격이 더없이 기쁩니다만 떨어진 2,200명 정도의 청춘들을 생각하면 내가 이렇게 좋아해도 되나 싶은 마음도 있습니다. 아들딸이 공무원 시험 칠 때는 치는가 보다, 합격했구나 했습니다.

손자는 자식들과는 아주 다른 느낌으로 처음부터 끝까지 지켜봤습니다. 애가 탔습니다. 조마조마했습니다. 마음으로야 무엇을 못 하겠습니까 마는 할 수 있는 것은 아무것도 없으니까 기댈 곳은 조상님이고 부처님, 하느님입니다 오늘은 09시 발표인 줄 알고 그 시간부터 전화기만 쳐다보고 있었습니다.

무슨 생각인지 홈페이지에서 합격 여부를 직접 검색하지 말고 손자가 합격 여부를 연락해 줄 때까지 기다려야 된다는 다짐이 있었기 때문입니다. 2시간이 지나도 손자로 부터도 아들로 부터도 연락이 없어 낙방한 것으로 짐작하고 어떻게 손자를 위로

하고 용기를 내어 다시 책을 붙잡게 하나 하고 앞이 깜깜 했습니다. 답답한 마음이었지만 본인이나 애미, 애비에게는 차마 전화를 못하고 도청에서 일하는 작은 애비에게 전화를 했더니 오후 2시에 발표한다고 알려 주었습니다.

제대로 알지도 못하고 오두방정을 떨었다는 자책보다는 천만다행이라는 안도가 더 컸습니다. 2시가 조금 넘자 작은 애비와 손자로부터 연이어 전화가 왔습니다. 합격이라고, 나도, 외할아버지도, 작은애비·애미도, 고모도 공무원 밥을 먹었거나 먹고 있고 외삼촌도 공기업에 있으니 가업을 잇는다고 할 수도 있겠습니다.

청년 취업 문제가 심각합니다. 취업도 결혼도 포기한다는 소리가 나옵니다. 취업난에 허덕이는 청춘들에게 기성세대가 양보할 수 있는 게 무엇인지 고민해야 합니다. 이번 시험에 떨어진 공시생들이 용기를 내어 내년에 다시 도전하고 합격의 기쁨을 누릴 수 있게 되기를 빌겠습니다. 간절하게 빌겠습니다.

느낌

땅을 사면 투기, 주식 사면 투자

땅은 자본, 노동과 더불어 경제학에서는 생산의 3요소라 합니다. 땅은 생명체에게 양식을 주고 쉴 곳을 주며 살아갈 터전이 됩니다. 국가 간에는 전쟁을 해서라도 확보하고자 하며 개인간에는 능력으로 좀 더 확보하고자 전력을 다 합니다. 땅은 으뜸가는 재화이기 때문에 당연히 거래의 대상이 됩니다. 오랜 옛날부터 사고팔았지요. 그런 땅을 사고파는 것이 언제인가부터 투기가 되어 손가락질하는 대상이 되었습니다. 땅을 사고팔아 남기는 것은 차익이라 하고 주식을 사고팔아 남기는 것은 수익이라고 합니다. 차익은 부당하게 남겨먹는 의미지가 덧 씌여지고 수익은 땀 흘려 노력한 대가인 것 처럼 포장됩니다.

이익이 될만한 땅을 사면 투기가 되고 이익 많을 것 같은 주식을 사면 투자가 되는 프레임을 누가 왜 만들었는지는 명확하지 않지만 공급이 제한될 수밖에 없는 한정된 땅을 특정 집단이나 개인이 독점하거나 과다하게 보유하는 것이 공동의 이익을 해친 다고 생각하는 데서 땅의 거래를 투기로 몰아붙인 것 아닌가 합니다. 땅을 거래하는 것 이야말로 생산수단과 거래 이익을 도모하는 투자요. 주식이야말로 돈 놓고 돈 먹기의 투기 라고 해야 바르게 되는 것 아닙니까? 제도적으로 문제가 있으면 바로잡을 대책을 세워야지 땅거래 하는 것을 백안시하는 풍조를 만들어서 수요를 억제하려 해서는 땅값만 왜곡시키는 결과를 초래할 수도 있을 것입니다.

인간이 살아가는데 필요한 손톱만 한 재화도 생산하지 못하는 주식거래를 지금 처럼 지나치게 떠받들 일은 아니고 재화로서의 땅 거래를 죄악시해서는 안 되는 것 아닌가 합니다.

윤희숙 의원의 부친께서 투자의 개념으로 세종시 부근에 땅을 좀 샀다고 땅 투기로 몰아붙이면서 나라 망하게 하는 잘못을 저지른 것처럼 호들갑을 떨고 난리 법석을 피우는 꼬락서니 보기 싫어서 하는 소리입니다.

느낌 🐱❤️ 💿❤️

일의 가치

공중 화장실을 청소하는 사람들은 5~6십 대 부녀자들입니다. 아파트 경비원은 6십 대 전후의 노인들입니다. 그 정도의 보수를 받고 전업으로 일할 수 있는 조건이 맞아 떨어지기 때문이겠지요. 특별한 기술 없이 누구나 할 수 있는 단순노무는 일의 가치를 낮게 평가합니다. 의사, 변호사, 판검사나 많은 보수가 보장되는 대기업에 입사하기 위해서는 국가의 자격시험에 합격하거나 치열한 경쟁을 통과해야 합니다. 그 관문을 누구나 통과할 수 없다는 데서 진로 선택의 어려움이 있는 것 아니겠습니까?

누구나 남보다 뛰어난 능력을 가지고 태어 날수는 없습니다. 내가 남보다 뛰어난 능력이 무엇인지를 알아내기도 쉽지 않습니다. 그래서 방황하게 됩니다 무엇을 직업으로 할지에 대한 쉽지 않은 답을 찾아 헤매게 됩니다. 시선을 조금 달리하면 답이 없는 것도 아닐 것 같습니다. 내가 남보다 잘 할 수 있는 것을 찾지 말고 내가 할 수 있는 것 중에서 가장 재미있고 잘 할 수 있는 것을 평생의 직업으로 선택하는 것입니다.

내가 남 보다 잘 하는 것은 찾아내기 어렵지만 내가 좋아하고 잘 할 수 있는 것은 스스로 쉽게 찾을 수 있습니다. 자식들에게 능력 밖의 기대를 하는 것은 부모나 자식 모두에게 상처를 남기게 됩니다. 아이가 좋아하는 것 아이가 하는 것 중에서 제일 잘하는 것을 장래의 직업으로 선택할 수 있게 뜻을 하나로 모으면 가장 가치 있고 성공적이며 행복한 삶이 될 수 있을 것이라고 생각됩니다. 중소기업에서 하는 일, 개인 병원의 간호사들이 하는 일, 청소하는 일, 아파트 경비원이 하는 일의 가치가 변호사가 하는 일, 판검사가 하는 일, 의사가 하는 일, 대기업에서 하는 일보다 가치가 떨어질까요?

단순노동일지라도 누군가는 반드시 하지 않으면 안 되는 일입니다. 다른 시각으로 접근하면 오히려 더럽고 힘들고 하기 싫어하는 업종에 일하는 분들의 노동 가치가 많은 보수를 받는 하이트 칼라의 일보다 가치가 더 높을 수도 있습니다. 공동체가 유지되기 위해서는 누군가 반드시 해야 되는 일이기 때문입니다. 경쟁에서 뒤처졌다고 해서 하는 일의 가치까지 저 평가받아서는 안된다는 생각입니다.

공동체 유지에 꼭 필요하지만 하기 싫어하는 일에 종사하는 분들의 일이 새롭게 평가되고 합당한 대우를 받는 세상이 되었으면 합니다.

느낌

댓글 **김영순**
누구나 꺼려 하는 일이지만 누군가가 꼭 해야 하는 일을
하는 많은 노동자들이 대우받는 세상은 아직 우리 사회에
서는 힘들다는 개인적인 생각입니다.
약자의 편에 서서 목소리 높이는 사람들 이면을 들여다보
면 자기 사리사욕을 생각하는 거짓된 모습이 더 묻어나는
경우를 너무 많이 본 탓일까요?
요즈음 오라버니 필력이 점점 날카로워지는 듯 합니다.
너무 스트레스 받지 마시고 건강 챙겼으면 하는 간절한 바
람입니다.

방승섭 ▷ 김영순
4단계 이후에는 꼼짝을 못 해요. 저녁에 누굴 만날 수가
있나 내가 만나자고 하기도 눈치 보이고 약수터 갔다 오고
나면 무조건 글 하나를 카스에 올리기로 하고 시간을 죽입
니다. 그런데 글감을 찾아내기가 쉽지 않아서 고민고민하
다 보면 그래서 시간 가고 책도 보지만 옛날 같지 않고 시
집만 주로 찾습니다. 어쨌든 지루하지 않게 하루 보내기에
는 조금 도움 되기는 되고... 언제 얼굴 한번 보나?

역사와 양심의 법원

알고 계십니까? 대한민국에는 헌법상의 사법부 외 역사와 양심의 사법부가 따로 있다고 주장하는 사람들이 있습니다. 대선 여론 조작으로 대법원에서 징역 2년이 확정된 후 김경수란 친구는 이런 말을 했습니다. [법원을 통한 진실 찾기는 더 이상 진행할 방법이 없어졌다]면서 [진실은 아무리 멀리 던져도 반드시 제자리로 돌아온다는 믿음을 끝까지 놓지 않겠다]고 했습니다.

친문親文들은 "판결을 인정할 수 없고 김경수의 결백을 확신한다면서 대법원이 눈 감은 진실이 양심과 역사의 법정에서는 반드시 밝혀질 것"이라고 했습니다. 2015년 8월 친문親文의 대모인 한명숙 전 총리가 불법 정치자금 수수 혐의로 대법원에서 징역 2년형이 확정되자 "역사와 양심의 법정에서 나는 무죄"라고 했고 당시 야당 대표이던 문가가 한 전 총리는 "역사와 양심의 법정에서 무죄임을 확신한다"라고 맞장구쳤습니다.

윤미향이가 [정부 지원금과 성금을 개인 통장으로 수령했다고 해서 횡령이나 유용은 아니다]라고 주장했습니다. 문가는 윤미향이의 도둑질이 들통나자 30여 년간 위안부 할머니들의 통한과 실상을 해외에 알려 국제적 관심과 문제 해결 계기를 마련한 성과가 폄하되면 안 된다고 했습니다.

김경수가 양심적 무죄라고 하는 이유는 자신도 드루킹에게 이용당한 피해자라는 것입니다 착하고 순진한 김경수가 불순한 목적(인사청탁과 이권개입)을 가지고 의도적으로 접근한 드루킹의 술수에 말려든 것이라고 친문들은 주장합니다. 하지만 특검팀의 디지털포렌식 분석 결과 30여 차례 김경수가 먼저 연락해서 댓글 작업 활성화 링크를 보내고 실행케 한 것이 확인되었습니다. 킹크랩 시연식에 참석해서 댓글 조작을 허락한 것도 확인되었습니다. 댓글 조작 프로그램인 킹크랩 완성도는 98%라는 메시지를 포함해 47회의 온라인 정보를 주고받은 것도 확인되었습니다.

허익범 특검팀 전원이 디지털 포렌식 전문가 필기시험 2급에 합격할 정도의 집념이 낳은 수사 결과입니다. 대법원장은 대법관 경력이 있는 사람 중에서 발탁하는 것이 그동안의 관례입니다. 대법관 경력도 없이 춘천 지방법원장으로 시골구석에 처박혀 있는 별 볼일 없는 판사를 대법원장으로 발탁해 준 은혜에 보답할 기회만 찾고 있는 김명수 대법원장 아래서 1심이나 2심 판사들 모두 김경수에게 유죄를 선고하기가 무척 힘들었을 것입니다. 그러나 너무나 명백한 증거들 앞에서는 법관으로서 유죄를 선고할 수 밖에 없었을 것입니다.

한명숙은 국회의원 시절 불법 정치 자금 9억여원을 동성동본의 건설업자 한만호에게서 받은 것이 확인되고 그 뒤 사업이 어려워진 한만호에게 2억원을 돌려준 것이 확인되었습니다. 수표로 받은 돈 중 1억원이 여동생의 전세자금으로 지불된 빼 박 증거가 확보되기도 했습니다. 청와대가 사주한 조작 수사라는 항변과 국정원의 지시로 재판도 하기 전에 유죄 선고하기로 판사들이 결정했다고 말하면서 양심적 무죄라는 주장을 하는 것은 선거때 불법 정치자금 안 받는 사람 아무도 없는데 자기만 탈탈 터는 것은 억울하고 형평에 안 맞으니 양심적 무죄라는 소리 같습니다. 세상에 많은 도둑들 중에서 왜 나만 잡아 넣느냐는 소리와 똑같습니다.

공금은 관리하는 통장을 반드시 따로 만듭니다. 십 원 한 장의 지출도 정해진 절차와 관리 책임자의 결재를 받은 후 지출합니다. 사후 회계감사를 받는 것도 당연한 절차입니다. 개인통장의 지출은 언제든지 자기 마음대로의 금액을 지출할 수 있습니다. 아무런 통제 장치가 없으므로 입금되는 순간 횡령한 것이 되는 것입니다. 정부 보조금과 후원금을 개인통장으로 받는 경우는 듣도 보도 못했습니다.

그게 개인 돈이지 어떻게 공금이라고 할 수 있습니까? 지출되고 안되고는 따질 필요가 없습니다. 30년간 위안부들의 인권과 명예 회복을 위해 헌신한 것을 깎아내리자는 것도 아닙니다. 위안부 할머니들을 등에 업고 국가보조금을 횡령하고 국민성금으로 사리사욕을 채운 것에 대한 책임을 물어야 한다는 것입니다. 횡령, 준사기 등 죄목만 8개가 넘습니다. 위안부 할머니들을 등

처먹은 도둑년입니다.

입에 올리기도 싫은 것들을 두 번 세 번 거론하는 것은 내 나름의 목소리를 내어 반드시 응징을 하고 싶어서입니다. 흉악범죄를 저지른 잡범들도 최대한 잡아떼다가 증거 앞에서는 솔직해지고 참회합니다. 용서를 구합니다. 역사와 양심을 들먹이며 끝까지 무죄를 입에 올리는 행태는 차후 정치적 사면을 염두에 둔 낯 뚜꺼운 작태가 아니기를 바라는 바보가 됩니다. 그야말로 가증스럽기 짝이 없는 내로남불의 집단입니다.

느낌

댓글   김영순
이제는 반론이나 주장도 못하게 언론중재법을
만들어 눈과 귀, 입까지 막아 버리려고 하니 역대 정권 중
에서 이런 패악도 드물지 싶네요.

분노

영 김 (한국명 : 김영옥 59 공화당) 미국 하원 의원이 라오닝성 선양 수용소에 강제 수감되어 있던 탈북자 50여 명이 한국에 올수 있도록 해줄 것을 문 대통령에게 공개 요청했습니다. 한달 전 일입니다. 문 대통령이 추가 정보를 보내주면 조치를 하겠다고 했지만 그 이후 아무런 피드백도 없이 시간만 흐르다가 탈북민 50여 명은 강제북송 되고 말았습니다. 결과는 처형 아니면 강제수용소 일 것입니다.

영 김 의원은 중국에 구금되어 있는 탈북민들이 많이 있고 강제북송될 위기에 처해 있기 때문에 그들이 석방될 수 있도록 우리 정부가 나설 것을 촉구하고 있습니다. 그 과정에서 한국 정부 관계자께서 미국 의원이 국무부 등 미국 정부에 제기할 문제를 한국 정부에 요구하는 것은 문을 잘못 두드린 것이라는 말을 했다고 합니다. 기가 막혀서 숨을 쉴 수 없습니다. 누구를 위한 정부입니까? 탈북민을 누가 보호해야 합니까?

김 씨 왕조의 비위를 거스르지 않으려는 굴종 앞에 백성의 목숨이 휴지조각 보다 못하게 되었습니다. 대통령이라는 작자의 김 씨 왕조에 대한 굴종이 무엇을 위함인지 정말 궁금 해집니다. 평화통일? 남북화해? 공존 공영과 자유왕래? 그것이 무엇이든 저자세와 비위 맞추기로 얻어지는 것은 아닙니다. 여차하면 귀싸대기 맞기 십상입니다. 넘볼 수 없는 실력만이 내 뜻을 이룰 수 있습니다.

위안부 할머니들을 등쳐먹은 악질, 파렴치함의 극치인 도둑년이 자기네들의 잘잘못을 따지면 명예훼손으로 처벌할 수 있는 법을 발의 했다고 합니다. 나는 제발 이 여편네를 뉴스에서 안 보고 살았으면 정말 좋겠습니다. 차고 넘치는 증거가 있고 하루만 조사하면 전부 드러날 도둑질을 제대로 조사도 안 하고 손바닥으로 하늘을 가리며 기소된 것마저 재판을 하세월로 미루고 있는 것을 보면 이 사람들에게 최소한의 양심과 염치 라는게 있는가 하는 생각 자체가 부질없는 짓이라는 생각이 듭니다.

윤미향이라는 철면피 한 도둑년이 국개의원 뺏지를 버젓이 달고 활개 치는 세상을 만들어준 국민 여러분의 만수무강을 빕니다. 이 꼴 저 꼴 관심 안 두고 안 보고 살기로 했는데 뉴스에 만 나오면 분노가 하늘 끝을 찌르는 꽁생원입니다. 정의라는 말이 끝도 없이 추락합니다. 정의 기억 연대 때문에...

언제쯤이면 저 여편네 낯반대기 안 보고 이름 안 듣고 뉴스를 볼 수 있나요?

느낌

댓글 **農璇 鄭漢植**
위안부 할머니들 등쳐먹는
밥맛없는 ♪～♩♫가 위안부 단체 비판 봉쇄법을
발의 했답니다.
정말 인간도 아닌 것 같습니다.

방승섭 ▷ 農璇 鄭漢植
정말로 후안무치한 ♪♫♪～인데 문가 놈은 무슨 신세를
얼마나 졌는지 감싸고 도니 알다가도 모를 일입니다. 둘
다 제발 tv에 좀 안 나왔으면 ㅎ 열받을
일이 확～줄어들 텐데... 비도 많이 오는데 조심하세요.

아무튼 주말

　신문의 종류도 다양하고 그 회사가 지향하는 가치에 따라 보도 내용도 각양각색입니다. 보수적이고 우파적인 신문과 진보적이고 좌파적 신문으로 크게 구분하면 될 것 같습니다. 가장 화제의 중심인 신문은 [조선일보] 일 것 같습니다 급진 좌파 쪽에서는 조선일보 없는 세상이 가장 바람직한 세상으로 받아 드릴만큼 싫어합니다. 극우적이고 친미 일변도의 신문이라고 누구나 생각합니다. 그러나 구독 부수가 가장 많고 가장 오래된 신문이라는 것은 누구도 부정하지 않습니다.

　조선일보 사주가 개인적으로 같은 온양 방 씨이기 때문에 신문 구독을 시작하고부터 지금까지 50여 년을 변함없이 구독하고 있습니다. 한때는 절독 한적도 있습니다. 노 대통령에 대한 지나친 보도가 지면을 채운 적이 있습니다. 형 노건평 씨에 대한 과도한 부풀리기, 사저에 대한 아방궁 시비, 논두렁 시계 등을 보도해서 노 대통령 흠집 내기에 신문사의 역량을 쏟아부을 때 3년 정도 절독한 적이 있습니다만, 다시 구독하고 있습니다. 나는 신문을 받으면 뒤쪽 사설과 칼럼을 먼저 읽고 앞으로 차례차례 읽어나가는 버릇이 있습니다. 사설과 칼럼은 정독을 하지만 앞으로 갈수록 제목만 보고 건너뛰는 경우가 늘어납니다. [

아무튼 주말]은 조선일보의 주말섹션입니다. 토요일에 발행하는 12쪽 분량의 얇은 잡지라고 보면 됩니다. 여러 차례 편집 책임자가 바뀌었고 지금은 김윤덕이라는 줌마 기자가 편집 책임자로 있습니다. 알차게 꾸며놓은 기사 내용이 월간 매거진보다 읽을 게 많습니다. 하나도 빠뜨릴 게 없습니다.

구석구석을 읽고 나면 토요일 오후가 지나갑니다. 김미리 기자의 1미리, 주 말 핫이슈, 나는 강아지로 소이다, 김두규의 국운풍수, 봉달호의 오늘도 편의점 등 코너마다 읽으면 재미있고 도움이 되는 기사가 넘쳐납니다. 줌마기자가 편집 책임을 맡고 난 뒤한 단계 업그레이드된 느낌입니다. 오늘(토)도 [아무튼 주말]을 들고 앉았습니다. 코로나 독재 4단계에 군소리나 거부 몸짓 한번못하고 칩거령 지키는 중인데 이만한 벗도 없는 것 같습니다.

느낌

걱 정

걱정을 한다고 걱정하는 일이 해결되는 것은 아닙니다. 안 한
다고 해결 안 되는 것도 아닙니다. 걱정을 하나 안 하나 해결되
기도 하고 안되기도 합니다. 그러니까 사실 걱정은 할 필요가
없는 것입니다. 그래도 우리는 크거나 사소한 걱정들을 머리에
이고 살아갑니다. 손자의 생일이 다 됐는데 선물을 뭘로 해야
되나 하고 걱정하고 있습니다. 어른은 단순하게 준비할 수 있지
만 자라나는 아이들은 성장에 맞추어 준비를 하려면 해마다 조
금 고민을 해야 합니다. 중학교에 입학하는 청소년에게 줄 선물
을 고르기가 만만 찮습니다. 주머니 사정이라는 변수까지 보태
지면 좀처럼 만족할 만한 해답을 찾기가 어렵습니다. 작년에는
고민고민하다가 본인에게 슬쩍 물어보았더니 현찰이 가장 좋다
고 했습니다 아하! 하고 수긍되는 점이 있었습니다.

아이들도 그렇습니다. 중학교 입학 선물을 고르라고 하니 제
가 갖고 싶은 것보다 먼저 가격표부터 살펴보는 것입니다. 아이
에게 선택권을 주는 게 아니라 고민을 안겨주고 있었습니다. 내
가 일방적으로 정하다시피 해서 결정을 했습니다만 호주머니
사정이라는 변수 때문에 나도 아이도 쉽게 선택하기 어렵다는
것을 경험했습니다. 올해도 현찰을 주는 것으로 선택할까 합니

다. 손자도 돈에 맞추어 제가 알아서 쓸 테니 서로에게 가장 무
난한 것 같기도 하고 그래도 뭔가 표나는 게 없어서 아쉽기도
하고 그렇습니다.

느낌

시인 곽재구

이 이름을 처음 접한 것은 신춘문예를 통해서입니다. 해마다 새해 첫날 신문에는 그해의 신춘문예 당선작이 발표되고 많은 문학 지망생들의 좌절과 한탄이 쏟아집니다. 당선자는 한 사람이고 그 한 사람을 위한 낙선자는 수천 명에 달합니다. 5년~6년 도전하는 사람이 많이 있다고 들었습니다. 여러 신문사의 당선작을 다 보기는 힘들지만 기회가 닿는 대로 읽어보곤 했습니다. 지금까지 읽어본 신춘문예 당선작 중에서 기억하고 있는 시는 곽재구 시인의 [사평역에서]와 최명란 시인의[내 친구 야간 대리운전사]두편 입니다. 1981년도 중앙일보와 2006년 문화일보 당선작으로 기억합니다.

두 편 모두 읽는 순간 폐부를 찌르는 영혼의 감동이 있었습니다. 시를 이렇게 마음에 절절하게 와닿게 쓸 수도 있구나 하는 감탄이 절로 났습니다. 곽재구 시인의 가장 최근 시집인[꽃으로 엮은 방패]를 읽고 있는 중입니다. 시인이 시 한 편을 쓰기 위해 들이는 노력이 독자들의 상상 이상이라는 것을 점점 더 알아가고 있습니다. 시인들이 시를 쓰기 위한 사유의 폭이 엄청나게 넓고 깊다는 것도 느끼고 있습니다. 최승자 시인의 시도 내게 신선한 충격을 안겨 주었습니다. 친절하게도 시집의 전부 또는 일부를 재사용 하려면 반드시 저작권자와 출판사 양측의 동의를 받으라는 안내가 있어 감명 깊은 시들을 소개할 수가 없습니다.

초적草笛이라는 제목의 시에서

[세상의 모든 소는 눈앞에 하나씩의 호수를 지닌다]는 시구가 눈길을 잡았습니다 소의 눈을 자세하게 본 적이 있나요? 시인은 호수라고 표현했는데 나도 더없이 맑다는 생각과 퐁당 빠지고 싶다는 느낌을 받은 적이 있습니다. 소에게서 정말 깨끗하고 슬픔이 뚝뚝 묻어나는 눈을 볼 수 있습니다. 우리가 저 고기를 먹는다는 자책감으로 그 눈을 차마 보고 있을 수 없었습니다. 최상위 포식자인 인간의 생태계 지배가 언제까지 계속될까요?

인간 이전의 공룡이 1억 7천만 년을 지배했다는데 인간은 얼마나 갈 것 같습니까? 지나친 욕심 때문에 스스로 자멸하는 시간이 그렇게 많이 필요할 것 같지 않습니다. 소를 고기로만 보는 인간의 행태가 변하지 않는다면 더 빠를 수도 있겠지요. 소의 눈을 보는 시인의 생각과 내 생각이 많이 비슷하다는 것과 사람은 마음과 마음으로 연결되는구나 하는 생각을 하면서 이 글을 썼습니다.

※ 네이버에 시를 검색하면 읽어 볼 수 있습니다.

자조自助자립自立자주自主

　카터 씨가 미 대통령으로 당선된 뒤 박정희 정권은 민주적 정통성이 없고 인권을 탄압한다고 판단했습니다. 박정권에 대한 지지를 철회하면서 주한 미군 철수를 시작했습니다. 그때 박 대통령이 들고 나온 대책이 핵 개발과 3자(三自) 정신입니다. 우리 스스로의 노력으로(自助) 배부르게 먹을 수 있고(自立) 우리 힘으로 나라를 지켜 낼 수 있는 군사력을 갖추는 것 (自主)입니다.

　1975년 월남이 패망한 뒤 우리 안보를 미국에 의지하는 심리가 팽배하면서 미군의 주둔 여부에 나라의 명운이 달린 것처럼 생각하는 사람들이 있었습니다. 아프가니스탄의 탈레반이 미군이 철수하는 내전에서 승리하면서 우리도 미군이 철수하면 나라가 무너진다고 생각하는 사람들이 있습니다.

　나는 우리 스스로 3만 불의 선진국을 달성하고 누구도 함부로 넘볼 수 없는 자주국방 태세가 확실하게 갖추어져 있다고 생각합니다. 박 대통령이 그토록 바라던 자조정신, 자립경제, 자주국방의 염원이 이루어진 것이라고 봅니다. 핵무기는 전쟁 억지력을 가지는데 그치는 무기입니다. 미국이 일본에 투하한 것이 처음이고 마지막 일 것이라고 판단합니다.

　같이 공멸할 수밖에 없는 무기는 전쟁에서 실제 사용할 수 있는 무기가 아닙니다. 미군이 철수하고 미국의 핵이 우리를 지켜줄 수 없다면 우리가 핵무기를 만들면 됩니다. 만들 능력이 충분하다는 것은 누구나 다 알고 있는 사실입니다. 미군이 철수하면 나라가 무너진다는 주장과 판단은 불안감을 조성하고 역량 결집을 해치는 극우세력의 자해행위입니다. 탈레반의 카불 입성을 전후하여 일부 보수매체와 유튜브에서 지나친 안보 불안을 조성하는 것 아닌가 하여 해 본 소리입니다. 북한과의 전투력에 대하여 사실을 사실대로 얘기하지 않고 있습니다만 미군이 철수하면 우리가 불리할 것 이란 판단은 지나친 기우가 아닐까 합니다.

그리고 우리의 안전을 남의 힘을 빌려 담보하려는 현실을 하루빨리 끝내야 하며 오랜 세월 우리를 못살게 굴어온 진짜배기 적들을 제압할 수 있는 힘을 길러야 합니다. 미국의 바지 가랑이를 붙잡고 매달리는 것을 끝내야 한다고 주장하는 것입니다. 국가지도자는 그 정도의 비전을 갖고 있어야 합니다.

전투기 살 돈을 깎아서 재난 위로금 주면서 표 얻을 궁리나 하고 장군이라는 멍청이들은 그런 걸 보고도 자리보전 때문에 말 한마디 못하는데 그들에게 기대할게 뭐가 있겠습니까? 짧은 집권 뒤에 만고역적 소리 들을 텐데...

느낌

댓글　**김영순**
역사의 심판보다는 우선의 달콤한 권력을
유지하고픈 게지요. 어쩌겠습니까? 내년에는
두고두고 후회할 짓을 다들 하지 않아야 할 텐데..

남자라는 이유로

　조항조의 노래 남자라는 이유로의 노래 가사가 공감되는 부분이 많습니다. 여자 동기들과 같이 모이면 너희들은 그래도 남자 대접을 받는 마지막 세대이니 다행인 줄 알아라고 말합니다. 회식자리에서 술잔을 채우는 것도 밥그릇을 놓는 순서도 당연하게 남자가 먼저입니다. 그렇게 보고 배우며 자랐기 때문입니다. 요즈음 젊은 맞벌이 세대의 부부 사이를 보면 그 말이 맞는 말이라고 고개가 끄덕여집니다.

　힘든 농사일을 해서 가족을 부양하는 농경사회에서는 가부장적 권위가 자연스럽게 받아들여질 수밖에 없는 환경이었지만 사회가 산업화되면서 여자의 섬세한 노동력이 필요해지고 여자도 돈을 벌어 살림을 꾸려 나가게 되면서 가장으로서 남자의 권위는 자연스럽게 떨어질 수 밖에 없게 되었습니다. 일흔을 넘어서기 시작한 우리 세대는 외벌이의 끝이자 맞벌이가 시작된 혼재의 시기를 보낸 낀 세대입니다 맞벌이를 하는 가정이라도 대부분 남편의 끼니만큼은 아내가 반드시 챙겨 주는 것을 당연하게 받아들이고 가족부양은 남자의 책임이라는 생각도 변함이 없었습니다. 남자는 가족 부양이라는 부담과 생존경쟁에서 뒤처지지 않아야 된다는 압박 속에서 평생을 살아야 합니다. 사업을 하든 직장 생활을 하든 남자의 책임은 벗어 날수 없습니다. 퇴근길의 소주 한 잔은 두 가지 부담을 잠시 내려놓는 도피처가 아닌가 합니다.

이런 남자들의 고단한 삶을 잘 묘사하고 있는 문학작품이 현진건의 운수 좋은 날이라는 단편소설입니다. 일제 강점기 우리 민족의 고단한 삶을 고발한 작품이지만 조금 다른 측면에서 보면 남자들의 고단한 삶을 서사적으로 잘 표현하고 있지 않나요? 읽어보면 눈시울이 붉어질 때가 있습니다. 부담감과 압박감으로 평생을 사는 남자의 일생! 노래 가사처럼 [남자라는 이유로 묻어 두고 지낸 그 세월이 너무 길고] 힘겹다는 마음이 들 때도 간혹 있지 않겠습니까?

느낌

내 인생의 책 한 권

　책 한 권이 한 사람의 진로를 결정짓거나 바꾸게 한다는 얘기는 종종 듣습니다. 그렇지만 나는 그렇게 마음을 뒤흔드는 책을 만나지 못했습니다. 보통 사람들 평균 이상으로 책을 읽었다고 생각하는데 책 한 권이 삶의 터닝 포인트가 된 기억은 없습니다.

　어릴 적에는 위인전, 삼국지를 밤새워 읽었고 청소년기에는 홍성유의 비극은 없다를 밤새워 읽었습니다. 이영희 선생의 우상과 이성을 읽고 사고의 폭이 넓어지기도 했으며 임용한의 전쟁과 역사를 읽고 교과서 외의 역사 공부를 하기도 했습니다. 아무래도 자주 찾아보는 책은 논어와 명심보감입니다 인격도야와 처세의 교본이라고 생각하기 때문입니다. 손에 잡고 펼쳐지는 대로 봅니다 굳이 처음부터 끝까지를 고집하지 않습니다.

　코로나 연금생활을 하고 있는 요즈음도 틈틈이 책을 보고 있습니다. 최근에는 마이클 샌델 교수의 공정하다는 착각과 윤희숙의 정책의 배신 그리고 최승자, 이상호 시인의 시집을 읽었습니다. 읽고 난 뒤 가장 오래 기억에 남은 책은 한승수의 경제 정책론과 조정래의 태백산맥, 고미카와 준페이의 인간의 조건입니다.

뒤늦게 대학원 과정을 공부하면서 교양과목으로 경제학 개론을 한 학기 들었기 때문에 경제학 서적을 읽으면 이해할 수 있는 정도는 됩니다. 한승수 전부총리가 교재의 빈곤을 느끼고 직접 저술한 경제 정책론은 정말 쉽게 경제정책을 공부할 수 있도록 되어 있습니다.

조정래의 태백산맥은 남북으로 분단되어 이념 갈등을 빚고 있는 우리 민족의 비극을 뼈아프게 반추시켜 줍니다. 고미카와 준페이의 [인간의 조건]은 [내 인생의 책 한권]으로 꼽고 싶은 책입니다. 우리가 흔하게 손가락질하는 쪽바리가 아닙니다. 평범한 일본 지식인의 양심과 고뇌를 디테일 하지만 깊이 있게 파헤치고 있는 걸작이라고 생각합니다. 마지막 페이지를 덮고 나면 책 제목 인간의 조건에 대하여 많은 생각에 잠기게 됩니다. 일본과 일본인을 다시 보게 하는 책입니다. 안 보셨다면 일독을 권합니다. 소설책이라 그렇게 무겁지 않습니다.

나이 탓인가요! 활자가 빽빽한 책은 피곤함부터 밀려옵니다. 이번에 손에 쥔 책은 곽재구 시인의 [꽃으로 엮은 방패] 라는 시집입니다.

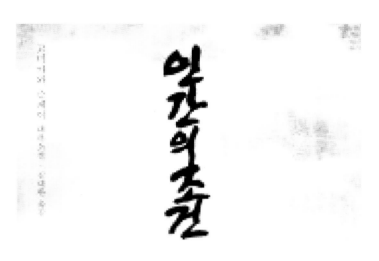

느낌

댓글 **김영순**
멋진 시간을 보내고 계시네요.
북캉스! 요즈음같이 단절의 시대에 가장 멋진
취미지요. 그래도 건강 챙겨가면서.. 눈 건강도
무시 못 하겠더라고요.

버킷 리스트

　나에게 버킷리스트는 있다면 있고 없다면 없습니다. 다가올 시간을 딱히 어떻게 보낼 것인지에 대한 구체적 복안이 없기 때문입니다.

　특별하게 문제가 있는 것은 아니고 내 또래의 사람들이 겪는 일상과 비슷하기 때문입니다. 노인들이 공통으로 겪는 무력증의 테두리를 맴돌고 있습니다. 취미생활을 하거나 새로운 지식을 습득하거나 봉사활동을 한다거나 텃밭을 가꾼다거나 하는 활동을 통해서 활력을 찾거나 보람을 느끼거나 재미를 찾고자 하는 것 자체가 덧없다는 생각을 하고 있기 때문입니다. 그러나 버킷리스트 목록에 꼭 올려놓고 싶은 것이 없지는 않습니다.

　오래전부터 통일된 조국의 북녘 산하를 관광하고 특히 우리 땅을 밟고 백두산 장군봉을 등산하고 싶다는 꿈을 가지고 있습니다. 중국 쪽의 북파 서파를 거쳐 백두산 천지를 본다고 네 번이나 찾아갔지만 항상 우리 땅으로 오르지 못하는 아쉬움을 안고 있었습니다. 요즈음 젊은 세대의 일부는 막대한 통일 비용을 걱정하며 통일이 안돼도 좋다는 인식이 있다고 들었습니다.

　그러나 그건 그렇지 않습니다. 우리가 세계 속의 대한민국으로 한 번 더 도약하기 위해서도 통일은 반드시 이루어져야 합니다. 세계의 주류로 군림하는 영국 프랑스 독일 이태리 등의 나라가 인구 6천5백만 명에서 8천만 명 사이이고 국토 면적 2천5백만에서 3천5백만 ha 정도에서 크거나 조금 작거나 합니다.

통일된 우리나라는 인구 7천5백만이 넘고 국토 면적 2천2백만 ha가 됩니다. 인구나 국토 면적에서 그들에게 뒤질 것 없는 비슷한 크기가 된다는 이야기입니다. 당당하게 경쟁할 수 있고 인구 1억이 조금 넘는 일본과도 규모 면에서 충분히 맞짱 뜰 수 있으며 중국도 지금처럼 만만하게 볼 수 없게 됩니다.

무엇보다 규모의 내수 경제를 갖추어 지금처럼 수출에 목을 매지 않아도 되는 자립경제가 이루어질 수 있습니다. 우리 민족의 항구적 번영과 생존을 위해 통일은 반드시 되어야 합니다. 내가 몇 번의 봄을 맞이할 수 있을지는 알 수 없고 건강하게 내 발로 걸어서 등산을 할 수 있는 시간은 더 짧을 수도 있을 것입니다. 통일된 조국 산하를 거쳐 백두산 장군봉을 오르고 싶은 나의 버킷 리스트 첫 번째 항목이 빨리 이루어졌으면 더없이 좋겠습니다.

느낌

댓글 **경운산(김자영)**
건강하시면 이루어집니더. ㅎㅎ 행복한 날 되이소.

김영순
지금의 건강만 유지하시면 첫 번째 버킷리스트는
실행이 가능할 것 같은데요.

農璇 鄭漢植
무조건 건강해야 합니다. 그래야 뜻을~~
10년 전 백두산 출사 시 야생화 한 컷 올립니다 ~~^

방승섭 ▷ 경운산(김자영) 김영순 農璇 鄭漢植
통일이 그렇게 쉽게 될까요? 남의 밥상에 숟가락 얹고 싶
은 놈들, 욕심이 목구멍까지 차있고 배 아파 못 견딜 놈들
이 바로 옆에 있는데...

방승섭 ▷ 農璇 鄭漢植
사진이 너무 좋습니다. 허락 안 받고 다음에 좀 쓰 먹더라
도 양해를...

최고의 걸작품

술과 관련된 일화가 많은 사람은 단연 당나라 때의 이백과 두보입니다. 두 사람이 얼마나 술을 좋아했는지는 기록으로도 무수히 전해져 옵니다. 우리 조상들 중 최고의 애주가는 누구나 잘 아는 조선 중기의 송강 정철이라고 생각합니다. 술과 관련한 일화가 엄청 많습니다. 이분들의 술과 관련한 기록을 찾아 한번 읽어 보면 정말로 술을 좋아했다는 것을 재미있게 알 수 있습니다.

나도 술을 꽤나 좋아합니다. 직장동료들과 회식을 할 때는 [여자보다 술 이 더 좋다]는 실없는 농담을 안주 삼아 했을 정도입니다. [신이 발명한 최고의 걸작품은 여자이고 인간이 발명한 최고의 걸작품은 술]이라는 말은 주당들 사이에서 많이 회자되는 말이지만 페미니스트들은 어떻게 받아들일지 모르겠네요? 언제부터 사람들이 술을 만들어 마시기 시작했는지는 잘 모르지만 술과 관련된 얘기는 무수히 넘쳐 납니다. 그만큼 사람들이 즐겨 마시며 사랑한 것 아니겠습니까?

술을 같이 마셔보면 술을 대하는 사람들의 모습은 그야말로 천태만상입니다. 그 사람의 인품과 성격이 고스란히 묻어납니다. 평소에는 이성으로 꾹 꾹 눌러 두었던 내면의 본성이 가감

없이 드러납니다. 특히 주당들이 간혹 경험하는 블랙아웃이 될 정도로 마시면 평소에는 볼 수 없던 그 사람의 전혀 다른 면을 볼 수 있습니다. 물론 나는 안 취해야 그 사람의 다른 면을 볼 수 있겠지요!

오랜 술자리 경험에서 나름대로 술을 대하는 몇 가지 원칙을 세워놓고 있습니다. 그 첫째가 남보다 먼저 취해서는 안 된다는 원칙입니다. 취하면 이성과 도덕으로 감싸아 놓은 껍질이 벗겨지고 실수를 할 수도 있기 때문에 먼저 취하지 않으려고, 노력합니다. 취해보는 기분이 아니면 왜 술을 마시겠습니까마는 먼저 취해서 실수하는 경우가 없도록 하자는 생각 때문에 나름의 원칙을 정해 놓은 것입니다.

둘째는 첫째의 원칙을 지키기 위한 방편입니다. 원샷 안 하기입니다. 주량은 개인차가 많지만 기분 좋을 정도의 주량이 어느 정도인지는 스스로 알고 있습니다. 빨리 먹으면 빨리 취합니다. 천천히 마셔야 술을 즐기면서 남보다 먼저 취하는 것을 피할 수 있습니다. 한 잔을 두 번 이상 나누어 마십니다. 술의 양면성은 극과 극입니다. 잘 마시면 삶을 풍요롭고 즐겁게 하지만 잘못 마시면 인생을 망치기도 합니다. 우리 주변의 생활 도구나 먹고 마시는 음식들 중에서 가장 오래 인간과 같이 할 것이 무엇이라고 생각합니까?

그것이 무엇이든 언젠가는 대체재가 나타납니다. 자동차나 휴대폰이나 사이다나 콜라도 언제 가는 사라지고 대체할 것이 만들어질 것입니다. 술은 사람들 곁에 가장 오래 있을 것이며 사랑받을 것이라고 믿는 애주가입니다. 외동에 있는 통 큰 장어집 벽면에 걸어놓은 소주의 효능이라는 글귀입니다 읽어 보시고 소주 한잔하면 오늘 하루는 기분 좋은 시간이 될 것임을 보증합니다. [인간이 만든 최고의 걸작품]을 감상하고 싶은데 코로나가 뒷다리를 잡네~요!

느낌

2021.08.15

리 디노미네이션

우리나라 화폐의 액면 표시 금액은 엄청 높은 편입니다. 화폐의 가치가 낮다는 것입니다. 한 달 봉급이 몇백만 원이고 집 한 채 값이 몇억 원입니다. 식사 한 끼로 삼계탕 한 그릇 먹으면 만원 넘게 지불합니다. 우리가 예사롭게 생각하는 이 화폐 단위가 다른 나라에 비해 엄청나게 높은 것입니다. OECD 가입국 중에 집 한 채 값이 몇억씩 하는 나라가 얼마나 있을까요?

달러와는 1100 대 1이 넘고 일본 엔화와 100 대 1 중국 위안화와도 180 대 1 유로화는 1370 대 1의 교환 비율입니다. OECD 가입국 중에서 달러 대비 4자리 숫자(1000)의 교환 단위를 가진 나라는 우리나라밖에 없습니다. 1962년 6월 환이던 화폐단위를 원으로 바꾸면서 10환을 1원으로 화폐개혁한 이후 60년 가까운 세월이 흘렀습니다. 압축성장을 하는 과정에서 매년 10% 이상의 두 자릿수 물가 상승이 다반사였고 특히 1980년에는 한 해 물가 상승률이 28.7%였으며 한자리 숫자로 자리 잡기 시작한 것은 1982년 이후부터입니다. 가파르게 오른 물가만큼 화폐가치는 빠르게 떨어졌습니다.

한 달 봉급이 몇백만이고 집 한 채 값이 몇억이 된 것입니다. 식당이나 매장의 메뉴판은 국민들이 알아서 리 디노미네이션 (

222222222
2222222222

화폐 액면 표시 변경) 일명 화폐개혁을 하고 있습니다. 갈비탕 8000원이 아니고 8.0천 원으로 표시하고 있습니다. 정책담당자들도 이런 실정을 잘 알고 있습니다. 그런데도 쉽게 화폐개혁을 못하는 것은 물가 상승에 대한 부담 때문입니다. 화폐 액면 표시가 변경되면 8~9백 원짜리가 천 원으로 8~9천 원짜리가 만 원으로 오를 가능성이 높아집니다.

심리적 현상뿐만 아니라 앞서 시행 한 다른 나라 사례에서 많이 나타난 현상입니다. 물가 상승의 부담 때문에 리디노미네이션을 쉽게 하지 못하는 것입니다. 여러 가지 위험부담이 있지만 그래도 우리나라는 적극적인 검토가 필요한 때라고 생각합니다.

해외여행을 해보면 우리나라의 국제적 위상에 비하여 화폐 액면 표시 금액이 부끄러울 정도로 높다는 사실을 절실하게 느낄수 있습니다. 화폐는 대외적으로 우리나라를 상징하는 것이며 국가의 위상과 품격을 나타내는 재화이기 때문입니다. 지갑에 넣고 깨끗하게 사용해야 합니다. 더럽고 너덜거리는 돈은 그 자체가 나라 망신이기 때문입니다. 리디노미네이션으로 인한 물가 상승을 억제할 여러 가지 정책수단은 있습니다. 정책당국자들의 결단을 기대합니다.

느낌

대통령의 격노

공군 여중사가 성추행 때문에 스스로 목숨을 끊은지 얼마 되지 않았습니다. 어처구니없고 불행한 일이 되풀이되지 않도록 병영문화를 개선하고 군 기강을 확립하라는 대통령 말씀의 여운이 채 사라지기도 전에 이번에는 해군 여중사가 똑같은 성추행으로 목숨을 끊는 일이 또 벌어졌습니다.

청와대 여자 대변인은 보고를 받은 대통령께서 [격노]하셨다고 발표했습니다. 폐쇄된 군부대 내에서 여자 부사관들이 어떤 환경에서 일하고 있는지 실정을 파악하고 문제점을 도출해서 대책을 세우겠다는 약속은 하지 않고 [격노]하셨다고 국민의 감성을 건드려서 책임을 면피하려 해서야 제대로 된 처신이라고 할 수 없지 않겠습니까?

직업으로서 여자 부사관을 택한 우리의 딸들이 어떤 근무여건에 놓여있어 죽음을 택할 수밖에 없는지를 알아내고 즐겁고 보람 있게 일할 수 있는 여건을 조성해 주는 것이 장관과 장군 등 상사들의 책무일 것입니다. 군 통수권자의 책임입니다. 코로나에 감염된 청해 부대원을 군 수송기를 동원해서 신속하게 후송시키는 기발한 아이디어를 대통령께서 제안하셨다는 발표, 똑같은 여중사 계급의 딸들이 공군과 해군에서 목숨을 끊는 사태를 두고 대통령께서 [격노]하셨다고 발표해서 문비어천가를 부르는 청와대 참모들을 보면 그 대통령에 그 참모들이라는 생각을 안 할 수가 없습니다.

　대통령의 그 격노가 군 기강을 제대로 잡지 못하여 여중사의 죽음이 계속 되도록 한 통수권자로서의 무능한 자신을 탓하는 것인지 아니면 장관 이하 군 지휘부가 무사안일하여 초래된 일로 떠넘기는 것인지 알 수가 없습니다. 어느 경우라도 [격노]해서 책임을 물타기하고 국민 앞에서 면구스러움을 벗어나고자 하는 꼼수인 줄 모르는 국민은 없을 것입니다.

느낌　

댓글　**農璇 鄭漢植**
　　　이 사람들이 할 줄 아는 것은 오직, 거짓선동 이지요~~
　　　국장님 건강하시지요?

입법 만능 시대

기초지자체의 조례 중 절반이 쓸데없는 것이라는 부산일보 보도를 봤습니다. 충분히 공감할 수 있는 일이고 조례만 그런 것이 아닐 것이라고 생각합니다. 지금은 가히 입법 만능시대라고 할 수 있습니다. 민식이 법이 생겨나고 영란이 법이 생겨납니다. 무슨 일이 터지면 사건 명칭을 딴 법이 우후죽순 처럼 생겨납니다.

각급 의회 의원의 의정 활동을 평가할 때 법 또는 조례 발의 건수가 주요 지표로 사용되다 보니 일 년에 수백 건의 법이나 조례가 경쟁 적으로 발의 되고 제정됩니다. 법 제정의 필요성 긴급성 국민에게 어떤 영향을 미칠지 등은 제대로 따져 보지도 않고 건수 위주의 마구잡이 법이 만들어지고 있으며 절대 과반을 차지한 집권 여당의 국회에서는 정파적 이해관계에 따라 법안심사 등 절차도 제대로 거치지 않은 날치기 악법이 양산되고 있습니다. 그 결과가 쓸데없는 조례가 반수가 넘는다는 신문 기사로 나타난 것이며 국회의 법률도 별반 다르지 않을 것 이란 얘기입니다.

의정 활동 평가는 다음 선거에서 가장 확실한 득표의 밑천이 되기 때문에 의원들은 입법 건수에 목을 맬 수밖에 없습니다.

그러나 쓸데없는 법과 조례가 양산되는 것을 방치해 둘 수는 없는 것입니다. 기초지자체 일부에서는 [자체 입법 평가]에서 실제 사용되지 않고 선언에 그치거나, 법을 근거로 한 예산편성과 집행 실적이 없으며, 법 규정이 적용된 인허가 등 행정 집행 사례가 없는 등 5년 동안 활용된 사례가 없이 사실상 사장된 법규를 폐지 내지 개정 권고하고 있다고 합니다.

국가. 지자체 가릴 것 없이 제정된 법규에 대한 철저한 사후 평가를 통하여 폐·개정이 이루어지도록 제도적 틀을 재정비해야 할 것입니다. 그것보다 먼저 각급 의원들의 입법 활동이 무분별해지지 않도록 입법 타당성의 사전평가를 강화하고 입법 과정의 절차를 반드시 지키도록 하며 입법 발의 요건을 엄격하게 하는 등의 조치와 의정 활동 평가에서 법안 제정 발의 건수 보다 개정 발의 건수에 더 가중치를 두는 등의 보완을 통해서 건수를 채우기 위한 졸속 법안이 제정되는 것을 막아야 합니다.

민주주의의 구현은 법치주의에서 출발하지만 그 법의 과도한 무게에 국민이 짓 눌리지는 않아야 되지 않겠습니까?

느낌

댓글 **김영순**
법과 밥, 점 하나 차이인데 하나는 우리를 벌벌 떨게 만들고 하나는 우리를 행복하게 해 주니 참 세상사 오묘하게 돌아가지요.

방승섭 ▷ 김영순
남발하니 문제가 되고 동기가 국민을 위해서 보다는 패거리의 이익을 위해 서니 하니 문제...

배롱나무

배롱나무꽃이 지천으로 피어 있습니다. 올해는 색갈이 유난히 붉고 깨끗해 보입니다 우리가 사는 고장 경상남도에는 시. 군 어디를 가나 배롱나무가 많이 심어져 있습니다. 도내 어디를 가나 눈에 쉽게 들어오고 꽃이 만발해 있습니다. 우리 도내에 배롱나무가 많은 것은 김혁규 전 도지사의 관심과 열정이 만들어낸 결과물입니다. 도지사 재임 시절 재일교포들 중 경남 출신들을 모아서 고향을 기리는 식목행사를 해마다 개최하였으며 도목으로 지정된 느티나무와 배롱나무를 전시, 군에서 많이 식재하도록 권장하였습니다. 배롱나무는 목 백일홍이라고 불릴 만큼 여름부터 초가을까지 오랜 기간 꽃을 볼 수 있는 보기 드문 나무이고 그래서 많이 심도록 권장한 것으로 추정합니다.

고택과 사찰의 정원수로 많이 심어져 있고 선비들의 사랑을 받아 서원에도 많이 심어져 있으며 조상들의 산소 주변에도 많이 심어져 있습니다. 부귀, 행복, 꿈 등의 꽃말과 떠난 벗을 그리워하는 의미도 내포하고 있다고 하네요. 세월이 흐르고 나니 지사로서의 흔적이 가장 많이 눈에 띄는 사람이 김혁규 전 지사인 것 같습니다. 거가대교, 마창대교 등 개발 사업과 경마공원 유치로 세수를 확보하고 느티나무, 배롱나무 등을 많이 심어 아름다운 경남으로 가꾸셨으니 그 흔적이 좀 더 오래오래 갈 것 같습니다. 지붕 색깔을 유럽풍의 짙은 오렌지색으로 칠 하는 것도 무척이나 챙기셨는데 그건 지금 눈에 잘 띄지 않습니다. 노 대통령이 60여 명 뽑는 사법고시에 합격하고도 고등학교 졸업한 짧은 가방끈을 평생의 콤플렉스로 생각했듯이 내무부에서 벼슬 관(官)자 5급 한번 달아 보지 못하고 주사(6급)로써 공직 생활 마감한 것을 평생의 콤플렉스로 안고 살았던 분이기도 합니다. 누구나 한 가지쯤은 콤플렉스를 안고 살아갑니다. 그 콤플렉스를 뛰어넘으려는 끊임 없는 노력이 대통령도 되고 도지사도 된 것 아니겠습니까? 그래서 두 분 모두 공직자로서 더 뛰어난 업적을 남기신 것 아닌가 합니다. 활짝 핀 배롱나무꽃을 보니 새삼 옛일이 되살아나 꺼내본 추억의 소환이었습니다.

※ 사진은 경운산(김자영) 님 것을 말도 안 하고 도용했습니다.

2021.08.11

절기 節氣

입추가 지나고 말복도 지났습니다. 폭염도 한고비 넘어간 것이 피부로 느껴집니다. 아침저녁 기온이 서늘해지고 에어컨을 켜지 않고도 버틸 만해졌으니 가을의 초입에 들어선 것 같습니다. 계절은 어김없이 제 갈 길을 가고 있고 삶도 계절 따라 제 갈 길을 가고 있습니다. 제대로 여물지 못한 풋 밤송이도 떨어지고 필요 없어진 나뭇잎이 마른 잎으로 떨어지고 있습니다. 모두 열매와 씨앗을 충실하고 튼튼하게 하기 위한 생명들의 지혜입니다. 과다한 열매를 솎아 내어 튼튼한 열매로 여물게 하고 씨앗으로 가야 할 양분을 축내는 쓸모없는 잎새를 정리하는 것입니다.

모든 생명은 자연의 순리를 따라갑니다. 인연 따라왔다가 종種을 보존하는 몫을 다하고 인연 따라갑니다. 사람들은 어떤가요? 가야 할 때 가지 않으려고 발버둥을 칩니다. 말이야 폐 안 끼치고 건강하게 살다 가기 위해서라고 분칠을 하지만 조금이라도 오래 살기 위해서 자연의 섭리를 거스르는 행동들을 얼마나 많이 합니까?

넓게 보면 질병에서 인류를 구제한다는 의술 자체가 자연섭리를 거스르는 행위라고 할 수도 있을 것입니다. 삶을 어떻게 접근할 것인지에 대한 깊은 성찰이 필요한 관념이지만 단순하게 좁혀보면 그렇기도 하다는 말입니다. 어릴 적의 지금은 냇가에서 물장구치고 모깃불에 옥수수 구워 먹던 계절입니다. 모든 것이 넉넉하지 못했지만 부족한 줄 모르고 지낼 수 있었습니다.

지금처럼 상대적 빈곤의 개념이란 게 별로 없던 시절이었고 콩 한쪽도 나누어 먹던 시골의 넉넉한 인심 속에서 살았기 때문입니다. 정겹든 많은 이웃들이 보고 싶어도 볼 수 없는 시간이 흘러갔습니다. 오늘도 흘러갑니다.

느낌

세상과의 괴리

모더나 회사의 최고 경영자에게 대통령께서 직접 전화를 해서 공급받기로 한 4000만 회 분량의 백신이 지금까지 115만 2000 회분 2.8%만 들어왔고 8월 공급하기로 한 물량 850만 회 분은 절반 이하로 그것도 뒤늦게 공급된다고 합니다. 공급받기로 한 자랑은 대통령이 직접 TV에서 하고 공급 지연에 대한 사과는 장관과 질병관리청장이 했습니다. 자랑할 일은 본인이, 사과할 일은 장관이 역할을 나누어 합니다. 후안무치라는 말이 이렇게 딱 들어맞는 경우도 드물 것입니다. 나는 대깨문이라는 사람들과 40%가 넘는다는 문의 지지자들과는 완전히 딴 세상에 살고 있다는 생각입니다.

친구들은 나와 해운대 사는 친구 남우를 [노사모]라고 합니다. 남우는 모르지만 나는 글쎄올시다 입니다. 영호남 지역주의를 극복하기 위해 당선이 보장되는 서울 종로를 버리고 부산 북구로 내려와서 초반에 압도적으로 유리하다가 끝내 넘고자 하는 벽에 막혀 아슬아슬하게 낙선하는 것을 보면서 대단하고 보기 드문 결기가 있다고 생각하면서도 가벼운 말투와 경망해 보이는 행동 때문에 지지하는 정치인은 아니었습니다. 노 대통령의 열성팬이 된 것은 대통령 당선 이후부터입니다. 지역주의 극복을 위해 낙선을 감수하는 헌신, 수도권 분산을 위한 정부기관의 세종시 적극 이전, 균형 발전을 위한 공공기관 지방 이전, 혁신도시 조성으로 지역의 활력 회복, 통일 여건 조성을 위한 대미일변도의 외교 탈피, 국방과 안보를 위해 정말 쉽지 않은 이라크 파병 결단 등 국정 과제 하나하나가 아픈 곳을 치료하고 미래로 나아가기 위한 초석을 착실하게 다져 나간다고 생각했기 때문입니다. 국익을 위해서는 지지층의 눈치를 보지 않고 과감한 결단을 내리는 그야말로 통합과 미래지향의 지도자였습니다. 노무현을 대통령으로 선택한 국민들의 혜안에 탄복을 하기도 했습니다. 노 대통령의 비극과 그 비극을 국민들에게 처음 알리기 위해 TV 카메라 앞에 섰던 문재인이의 모습이 지금도 눈에 선합니다.

지금도 박 대통령의 탄핵에 대해서는 적법한 절차를 거친 국민적 결정이었다고 생각합니다만, 사면 문제는 별개로 다루되 모든 계층의 합의가 필요한 것이라고 봅니다. 이 정부가 처음 출범할 때만 해도 적극적은 아니라도 잘 할 것이다는, 잘 해보라는 기대를 가진 한 사람이었습니다. 그런데 위안부 할머니를 등쳐먹은 윤미향이에 대한 이 정부의 태도를 보면서 피가 거꾸로 도는 분노와 함께 그나마 가지고 있던 기대를 완전하게 접었습니다. 이용수 할머니에 대한 문 대통령의 태도는 처음에는 그야말로 극진했습니다. 청와대로 초청한 위안부 할머니들의 휠체어를 직접 밀어줄 정도였습니다. 그러던 것이 이용수 할머니가 윤미향이의 부정과 파렴치한 짓 들을 폭로하고 시정을 요구하고 난 뒤의 태도는 닭 쫓던 개 지붕 쳐다보기 이상도 이하도 아니었습니다. 뜻을 같이 하는 사람들에게 도움이 될 때는 극진한 공경의 대상이지만 아무리 큰 잘못을 저질렀어도 자기와 뜻을 같이 하는 사람의 적이 되면 철저하게 외면해 버리는 그야말로 내로남불의 극치가 됩니다. 윤미향이라는 동지에게 적이 되어버린 이용수 할머니는 문재인에게도 아무런 쓸모없는 거추장스러운 존재 일뿐입니다.

내가 큰 충격을 받은 것은 지난 21대 국회의원 선거 결과 가 최종적으로 확인되었을 때입니다. 나는 심판받아 마땅하다고 생각하는 집권 세력에게 3분의 2에 가까운 국회 의석을 몰아 주는 결과를 보고 동시대의 다수들과 비교해 나는 너무 동떨어진 철학, 가치관, 사고를 가진 낡은 사람이라는 자격지심에 혼란스러웠고 지금도 그 여운이 길게 남아 있습니다. 지금도 집권당과 문에 대한 지지가 40%를 넘나드는 것을 보면 생각이 다른 사람들에게서 느끼는 괴리감이 너무 큽니다. 나이 먹고 쓸데없는 고집만 피우면서 트집만 잡는 늙은이로 나 자신을 치부하게 합니다.

사랑은 거래가 아니다

[사랑] 하면 가장 먼저 떠오르는 것은 청춘 남녀의 사랑 남녀 간의 사랑입니다 그리고 연이어 부모의 자식 사랑이 뒤따르고 다양한 의미의 사랑이 셀 수 없을 정도로 많이 떠오릅니다.

청춘의 사랑에는 설렘이 있습니다 밤을 새우는 그리움이 있습니다 보고 또 보아도 배고픔이 있습니다.

부모의 자식 사랑은 어떤가요? 무조건 적인 사랑입니다. 주고 또 주고 무한정 주는 사랑입니다. 살을 에어 낼 수 있다면 그렇게라도 할 수 있는 조건 없는 사랑입니다. 형제간의 우애, 친구들 간의 우정, 약자를 향한 측은지심, 모두 사랑 위에 쌓은 마음입니다 그런데 그 사랑으로부터 왜 상처를 받을 수도 있게 될까요?

그 시작이 나 자신으로부터 출발하기 때문 아닐까 합니다. 연인, 부모, 자식, 형제, 친구 간의 갈등으로 마음 아파하게 되는 시작은 사랑의 씨앗을 나 자신의 마음에서부터 싹 틔우려 하는 데서 거리감이 생겨나고 그러다가 멀어져 가는 마음과 마음 사이에서 상처받고 괴로워하게 되는 것 아닌가 합니다. [사랑은 거래가 아니다]라고 말합니다. 그렇습니다. 거래가 끼어드는 관계는 사회적 계약관계일 뿐 사랑이 아닙니다. 많은 사람들은 나 자신의 마음에서부터 사랑의 싹을 틔우려는 이기심에서 출발하면서 조건 없는 사랑이라고 착각하는 것 아닌지 모르겠습니다.

사실은 사랑을 거래하면서도 거래인 줄은 꿈에도 모르고 살아가는 것 아닐까요?

느낌

간절함과 정신력

　우리나라 여자배구가 올림픽 8강전에서 랭킹 4위 터키를 꺾었습니다. 4강이 겨루는 준결승에서 브라질과 결승 진출을 다투게 되었습니다. 당초 예선 통과도 힘들 것으로 예측하기도 했습니다.

　4강에 오르기까지의 과정이 그야말로 천신만고, 고난의 연속이었습니다 도미니카, 일본과의 예선전, 터키와의 8강전 등 3게임을 풀세트까지 가는 접전 끝에 모두 승리를 거두었기 때문입니다. 특히 숙적 일본과의 경기는 어느 언론의 표현처럼 도쿄 대첩으로 불러도 좋지 않을까 싶습니다. 세트 스코어 2:2에서 마지막 세트 12:14로 한 포인트만 잃으면 패배하는 위기였습니다. 보통 이런 경우 긴장한 선수들의 어이없는 실수가 승패를 결정짓는 게 다반사입니다. 우리 선수들은 달랐습니다. 내리 4포인트를 득점하여 대역전극을 연출했습니다. 일본 선수들은 정신이 하나도 없고 패배를 믿기 어려웠을 것 같습니다.

　터키와의 8강전도 마지막 5세트, 승부를 결정짓는 15포인트에 가까워질수록 우리 선수들은 조금의 흔들림도 없었지만 터키 선수들 중 일부는 눈물을 흘리며 경기를 하고 있었습니다. 암튼 도미니카와의 경기까지 3경기를 풀세트 접전 끝에 모조리 승리했다는 것은 승리에 대한 우리 선수들의 간절함이 얼마나 절절했는지를 웅변해 주고 있는 것 아니겠습니까! 그 중심에는 김연경이라는 국보급 스타가 있었습니다. 올림픽에 참가한 전체 여자 선수 중 두 번째로 높은 공격포인트를 기록하고 있으며 고비마다 승리를 견인하는 결정적 활약을 펼치고 있습니다. 마지막 올림픽이 될 가능성이 높기 때문에 승리에 대한 간절함이 더욱 절실할 것입니다. 터키전을 앞두고 모든 것이 열세지만 간절함이 더 큰 쪽이 승리할 것이라는 각오를 가지고 경기를 하겠다는 뜻을 밝히기도 했습니다.

김연경 선수와 모든 대표 선수의 간절함이 정신력으로 충전되어 브라질과의 준결승 경기에서도 승리 하기를 빕니다.

느낌

지 방 천 민 의

그렇고 그런 이야기

제 4 부

수종정침壽終正寢

젠더 갈등

사연 많은 도쿄 올림픽도 막바지로 치닫고 있습니다. 양궁 3 관왕이 되어 국민적 관심을 받은 안산 선수의 쇼트커트 머리가 페미니스트 논쟁을 촉발시켜 SNS에서 온갖 험담이 난무하고 있다고 합니다.

한국 리서치에서 젠더 갈등에 대하여 설문 조사한 결과를 보면 20대 남자의 페미니즘에 대한 인식을 읽어 낼 수 있습니다. 페미니즘이 남녀의 평등한 지위를 추구하는 것이 아니고 여성 우월주의를 추구하는 운동이냐는 문항에 20대 남성의 78.9%가 그렇다고 답했습니다. 여성차별 문제는 20대 남자는 60.8%가 심각하지 않다고 하고 여자는 85.4%가 심각하다고 답하였으며 남성이 차별받느냐는 질문에 20대 남자의 68.7%가 그렇다고 답하고 여자는 56.2%가 그렇지 않다고 답했습니다. 문재인 대통령이 국정을 잘못 운영한다는 인식이 평균 48.8%인데 20대 남성은 62.9%에 이릅니다.

요약하면 20대 남자는 페미니즘은 본래의 뜻과 달리 남자를 역차별 하는 운동으로 변질되었고 오히려 남자가 역차별받고 있으며 이 정부에서 남성차별이 더 심화되고 있다는 생각을 하고 있습니다. 안산 선수의 쇼트커트 머리에 대한 페미니즘 논쟁을 이해할 수 있게 됩니다. 나는 20대 남자의 이러한 성차별 인식이 군 복무 가산점 폐지에서 출발했다고 생각하는 사람입니다. 경제성장의 둔화로 새로운 일자리는 늘어나지 않고 취업은 낙타가 바늘귀 지나가기와 같아서 공무원 시험에 목을 매고 공부하고 있는게 현실입니다. 그런데 여성 단체의 압력에 눌려서 변변한 공청회 한번 안 하고 여론 수렴 절차도 제대로 거치지 않은 체 군 복무 가산점 제도를 폐지해 버렸습니다. 그 직격탄을 바로 맞고 가장 큰 피해를 본게 20대 남자입니다.

시험공부를 중단 없이 준비할 수 있는 여자와 2년 가까이 황금 같은 시간을 국방 의무 수행 때문에 허비할 수밖에 없는 남자의 시험 경쟁이 공정한 경쟁입니까? 여성표를 의식한 국개의원 놈들이 자기 밥그릇에 금이 갈까 봐서 이 시대 20대 남자 청춘의 가장 간절함을 무참하게 짓밟은 것입니다. 30대 이상의 남자들에게는 군 복무 가산점 제도가 그렇게 큰 관심사가 아닙니다. 자기와 이해관계가 직접적으로 얽히지 않았으니까요 다만 아들을 둔 어머니들의 침묵이 안타깝지만 조직화되지 못한 집단의 한계라고 생각됩니다.

20대 남자들의 취업난과 역차별, 그리고 군 복무 가산점 부활의 간절함은 직접적 손해가 없거나 기득권을 지키고자 하는 대다수의 무관심과 알고도 몸을 사리는 비겁한 어른들의 외면으로 수면 아래로 가라앉아 가고 있습니다. 직장도 결혼도 집 마련도 포기하고 좌절하는 20대 남자의 분노가 어떻게 표출되고 사회에 미치는 파장이 어떤 형태, 어떤 모습으로 나타나게 될지 궁금해집니다.

사이타마현의 참매미 소리

어제 일본 사이타마현 가와고에시 가마스키 가세키 컨트리클럽에서 도쿄 올림픽 남자 골프 마지막 라운드 경기가 있었습니다. 우리나라는 임성재 선수와 김시우 선수가 참가하여 최선을 다했지만 메달 획득에 실패했습니다.

tv 중계를 보고 있는데 요즈음 듣기 어려운 참매미 울음소리가 귓가를 울렸습니다. 처음에는 창밖을 쳐다보며 소리의 진원지를 찾았습니다. 에어컨 때문에 꼭꼭 닫힌 창밖에서 들리는 소리가 아니었습니다. 다시 가만히 살펴보니 tv 중계 화면에서 해설자 목소리와 같이 참매미 소리가 들리고 있었습니다. 아침에 분산성 생태숲 공원에서 듣거나 집 주위에서 하루 종일 귀가 따갑게 울어 대는 소리는 말매미 소리입니다. 시작과 끝부분에서 저음을 내지만 평탄음을 계속 쏟아내며 소음 공해라는 소리까지 듣는 녀석들이고 여름에 듣는 매미 소리는 대부분 이 녀석들 울음소리입니다.

참매미는 리드미컬하게 고·저음을 일정 간격으로 반복해서 맴에 맴 하고 울면서 끝자락을 낮게 마무리합니다. 참매미 소리가 훨씬 즐겁게 들립니다. 내가 어릴 때는 참매미 소리를 더 자주 듣고 말매소리가 드문 편이었다고 기억합니다. 그런데 요즈음 들어서 참매미 소리를 거의 들을 수 없습니다. 올여름 들어서 상동면에 가서 한번 듣고 내가 사는 곳에서는 두 번쯤 그것도 아주 짧게 들은 것이 전부입니다. 말매미는 덩치가 크고 기운도 세고 참매미는 덩치가 작고 힘이 약하다고 들었는데 세력 다툼에서 밀리는 탓인지 생태환경 변화에 적응하기 힘든 탓인지 참매미의 개체가 대폭 줄어드는 것은 확실한 모양입니다.

이유가 무엇이든 참매미 개체가 늘어났으면 합니다 듣기가 힘들어진 참매미 소리를 그것도 일본 사이타마현에 사는 참매미 소리를 김해에 사는 내가 듣게 되리라고는 생각지도 못했습니다. 말도 많고 탈도 많은 도쿄올림픽!

땀 흘리며 청춘을 불살라온 만 명이 넘는 선수들에게는 기회의 땅이 되고 코로나 독재에 갇혀 바깥출입도 힘든 국민들에게 한여름 무더위를 잠시 잊게 해 주고 있으니 개최한 것이 그나마 잘한 것이라고 생각되고 듣기 힘든 참매미소리, 그것도 머나먼 일본에 사는 참매미소리를 집에 앉아서 듣는 호사를 누렸으니 즐겁고 고마울 뿐입니다.

느낌

댓글 **김주영**

맴！맴！ 매 ~~~애 ~ 앰 ‼ 세박자나 다섯박자나
지 알아서 쉬고 , 다시
맴！맴！ 매 ~~~애 ~ 앰 ‼ 조 ~~용 ~~~

어릴 적 남강에 멱 감으로 가면 강변 언덕 길에 쭉쭉 뻗어
있는 미루나무에선 항상 들을 수 있던 정겨운 매미소리였
지요. 미루나무는 대팻밥처럼 얇게 가공 후 실타래처럼 묶
은 것을 부업거리로 갖고 와서 꼬아 주면 공장에선 밀짚모
자, 일명 보릿대 모자로 틀질 되어 농부들의 만능 햇빛가
리게용 작업모로 쓰고 다니셨던 기억들 ~~
삼복을 지났건만 찌는 이 더위에 아련한 추억 소환의 글이
네요, 정겹습니다,
건강하시고 조만간 함 뵙도록 하겠습니다.

딱 한 벌 어디 벗어 두었는지 몰라
동네방네 울고 불며
애고 다니네 ~

공空

나훈아가 부른 공空이라는 노래가 있습니다. 가사 내용이 마음에 들어 애청하는 노래가 되었습니다. 불가에서 가장 많이 듣는 말이 연기緣起와 팔정도八正道 그리고 공空입니다.

반야심경에서의 색즉시공色即是空 공즉시색空即是色에서 색은 물질이고 공空은 없다는 뜻입니다. 있는 것은 없는 것과 같고 없는 것은 있는 것과 같다는 뜻입니다. 이 뜻에 [나]를 한번 대입시켜 봅니다. 나는 원래 아무것도 없는 것입니다. 그런데 어떤 인연 따라 부모님 몸을 빌려 어느 날 [나]라는 물질로 태어납니다. 그리고 주어진 몫을 다 하고 나서 나는 다시 원래의 아무것도 없었던 것으로 돌아갑니다.

사람뿐 아니라 모든 생명체가 색즉시공이고 공즉시색입니다. 물 위의 포말도 인연 따라 생겨나고 인연 따라 스러집니다. 이것이 있어 저것이 있고 저것이 있어 이것이 있으며 이것이 사라지면 저것도 사라 지고 저것이 사라 지면 이것도 사라 진다는 연기緣起와 함께 절집에서 가장 흔하게 듣고 생각에 잠기게 되는 말이 공空입니다. 젊은 날의 나와 지금의 나는 반야심경의 똑같은 구절을 받아들이는 생각과 마음의 결이 조금 다릅니다.

반야심경뿐만 아니라 세상의 이치를 헤아리고 만물을 바라보는 시선이 젊은 날 하고는 많은 차이가 있습니다. 표현이 어울리는지는 모르지만 달관한다고 할까요? 허망함이 비집고 들어오는 마음의 공간, 아쉬움이 묻어나는 기억의 어제, 미약하게 기대보는 내일이 있어 색즉시공을 다시 질끈 붙잡습니다.

느낌

댓글 **김영순**
사색이 점점 깊어집니다.
너무 깊숙이 가시다 보면 삶이 더 무거워지지 않을까 싶어 걱정됩니다. 저는 요즈음 3척으로 마음 다스리기 중입니다. 보고도 못 본 척 듣고도 안 들은 척 알아도 모르는 척.. 무더위가 기승을 부립니다. 건강 조심하세요. 오라버니 ~.^

방승섭 ▷ 김영순
덥다! 소리가 입에 달려요. 지치지 않게 체력 관리 잘하세요.

생명력에 대한 놀라움

척박하거나 험난한 환경에서도 꿋꿋하게 살아가면서 종(種)을 보존하기 위한 생식 활동을 하는 생명을 보면 감탄이 절로 나오면서 많은 생각을 하게 됩니다.

[산다는 건 무언가? 어떻게 살아야 하는가?] 하는 화두가 찰나적으로 머리에 떠오릅니다. 횡단보도 아스팔트 갈라진 틈 사이에서 사람 발길에 밟히고 차바퀴에 짓 눌리면서도 파랗게 움을 틔우고 뿌리내린 잡초를 보면서 살아간다는 것, 종을 보존한다는 것의 의미를 곱씹어 봅니다.

동물들은 터전을 어느 정도 자의적으로 선택하지만 식물의 터전은 타의에 의해 결정됩니다. 주로 바람에 날리거나 동물의 몸에 묻어 이동하기 때문에 어디에 터를 잡게 될지 알 수 없습니다. 어쨌든 터를 잡게 되면 그곳에 살면서 종을 보존하기 위한 씨앗을 생산해야 합니다. 횡단보도 아스팔트 틈새에 터를 잡은 잡초도 스스로의 선택은 아니었지만 주어진 환경에 맞추어 살아갈 수밖에 없음을 감내합니다.

그리고 주어진 몫을 다하기 위해 최선을 다합니다. 사람 발에 밟히고 자동차 바퀴에 짓이겨져도 뿌리는 물을 빨아올리고 잎은 햇빛을 받아 동화작용을 합니다. 척박한 환경을 탓하지 않고 자기 삶을 가꾸어 나가는 잡초에게서 배워야 할 것은 참으로 많습니다 느낌으로 남는 것은 너무나 깊습니다. 도로 중앙 분리대 밑에 쌓인 먼지 더미 위에, 보도 블록의 틈 사이에, 커다란 바위틈 사이에 뿌리내린 식물들은 주어진 환경을 탓하지 않습니다.

나는? 우리는? 유일하게 스스로 목숨을 거두기도 하는 인간에게 잡초와 뭇 생명들이 묻고 있는 것 같습니다. 어떻게 사느냐고? 어떻게 살 거냐고?

느낌

댓글　**방휘명**
길 건너실 때.. 늘 차 조심하세요.
대기 중일 때도 차도에서 멀리
떨어져 계시고요.

국회개혁

검찰개혁만 되면 이 나라가 지상천국이 되는 줄 알았습니다. 그게 이 정부의 치부와 오류를 덮어 버리기 위한 술책인 줄 깨달아 가고 있습니다.

오천만 국민이 여의도에 모여 나랏일을 의논하고 결정할 수 없습니다. 대표를 뽑아서 위임했더니 패거리와 자기 이익에 어긋나는 국민의 바램, 정책, 국익들을 마구잡이로 난도질하고 있습니다. 그 난동을 제어할 장치조차 우중愚衆의 어리석은 선택으로 전혀 작동하지 못하고 있습니다. 절대 과반수 이상을 차지한 여당 의원들은 뽑아준 국민들의 뜻이라면서 세상에 들도 보도 못한 법, 정책을 양산하고 표를 얻기 위해 공돈을 쏟아붓는 국민 거지 만들기 경쟁을 벌이고 있습니다. 대가 치르지 않고 공짜 받는 게 몸에 배면 그게 거지입니다. 국회를 개혁해야 합니다.

가장 먼저 의원 정수를 지금의 3분의 1 수준으로 줄이고 무보수 명예직으로 바꾸어야 합니다. 각종 특혜를 전부 없애고 그야말로 국민을 위해 봉사하는 의원직으로 만들어서 어중이떠중이가 너도나도 국회의원하겠다고 나서는 걸 최대한 차단해야 합니다. 입법 권한을 대폭 축소해야 합니다. 국민에게 큰 부담이 따르는 조세 관계법, 국민 기본권을 제한하는 각종 법은 국민투표를 거쳐서 최종 확정 되도록 해야 합니다. 국회에서 정부가 제출한 예산보다 증액하지 못하도록 하여 팽창 예산을 막아야 하며 정부 예산안에서 적시한 사업 외 국회에서는 새로운 사업 예산편성을 못 하도록 하여 선심성 지역구 예산, 쪼개기, 쪽지예산 편성을 막아야 합니다. 하나 마나 한 청문회는 결과 채택을 강제하든지 해야 하고 아니면 실효성을 확보하도록 개선해야 합니다.

국정감사도 수박 겉핥기식으로 기관 감사를 할 게 아니고 국정과제와 대형 사업 국민 관심 사업 등 주제별로 팀을 꾸려 집중 감사를 하는 방안을 모색해야 합니다. 지금의 국회로는 안됩니다. 요즈음은 차라리 없는 게 나라를 위해 좋겠다는 생각이 들 정도입니다. 교통 통신의 발달로 국민 전체의 의사를 확인하는 작업이 쉽고 빠르게 이루어지고 있는 만큼 대의정치 영역을 축소하고 국민이 참여하는 직접 민주정치 영역을 확대해 나가는 방향으로 장기적 검토가 필요한 것 아닌가 하는 생각입니다.

나 같은 사람이 걱정할 일이 아닌데 답답한 마음에 해 본 소리입니다.

느낌

댓글 **農璇 鄭漢植**
정확한 진단입니다.
어중이떠중이들이 판을 치는 세상...
어쩌다가 나라꼴이 ~~~

밥 먹고 일주일 기분 좋은 식당

6월부터 차일피일 미루던 부모님 유택의 잡초를 뽑기 위해 어제 안식구랑 같이 다녀왔습니다. 삼복에 2시간 정도 작업을 하고 나니 파김치가 되었습니다. 고생 시킨게 미안해서 생선회 먹으러 가자고 얘기하고 진해 안골포로 드라이브 겸 해서 출발했습니다. 20여년 전의 기억만 가지고 도착한 안골포는 완전히 다른 포구가 되어 있었습니다. 해변에 즐비하던 횟집은 모조리 폐업했고 홍합 가리비 구이를 파는 검은 천막의 가건물만 줄지어 있었습니다. 조금 더 조금만 더 가보자고 해안을 따라가다 보니 어느새 부산신항 입구까지 갔고 컨테이너를 실은 대형 트레일러 가운데 갇히다시피 되어 버렸습니다. 길을 잘 몰라 우왕좌왕하니 옆에서 뒤에서 울려대는 경음기 소리에 진땀을 흘렸고 부딪칠뻔한 고비도 넘기면서 가까스로 빠져나왔습니다.

뒤늦은 점심을 먹기 위해 도착한 곳은 돌고 돌아 외동에 있는 통큰 풍천 장어 집입니다. 몇 번 와본 적이 있어 장어구이를 주문했고 운전 때문에 소주 한 잔 못하는 아쉬움을 간직한 채 계산을 하고 나오면서 받은 뜻밖의 로또복권 한 게임입니다. 손님을 아주 기분 좋게 만들어 주는 사장님의 아이디어가 기발하고 감탄스럽습니다. 일요일 구입한 것을 내가 월요일에 받았으니 추첨하는 토요일까지 이번 주일은 일등 당첨의 부푼 꿈으로 기대에 차서 기분 좋게 보낼 수 있게 되었습니다. 주차비 보조금 정도인 천원으로 손님의 기분을 유쾌하게 하는 나이 지긋하신 사장님! 대단히 고맙습니다. 고객에 대한 질 좋은 서비스를 고민하고 고민하는 진정성이 가슴에 와닿아 더더욱 고맙습니다. 일등 당첨의 대박이 터지면 어째 그냥 넘어갈 수 있겠습니까? ㅎㅎ

김해시 외동 294-3

055 321 0625

느낌

댓글 **김주영**
모 아님 도,
그래도, 꼭 대박 나세요 형님!!!

산소관리, 졸속의 달인

　어느 집안이든 부모님을 비롯한 조상들의 산소 관리는 풀기 어려운 문제가 되고 있습니다. 가족묘를 만든다, 납골당을 만든다 하고 나름 대책을 세우고 있습니다만 　그것은 그것 대로의 문제가 발생하고 있는 실정입니다. 아버지가 4형제 중 둘째였고 　큰집 작은 집의 종형제는 대부분 부산에서 살고 있었습니다.

　큰집 종형이 　관장하는 집안 제사나 차례에 참석하려고 진주서 부산까지 가고 오는 게 그 당시에는 　만만찮은 일이었기 때문에 기제사는 물론 명절에도 우리 집에는 제삿밥 한 그릇 구경할 수 없었습니다. 조상의 묘는 모두 고향에 있었기 때문에 　벌초라든지 시제라든지 하는 일은 고향을 지키는 아버지 몫이었고 자연이 나도 어릴 적부터 조금씩 거들곤 했습니다.

　아버지 돌아가신 후에는 벌초는 합동으로 시제는 윤번제로 그럭저럭 꾸려 왔으나 조카들도 환갑이 넘어서는 나이가 되니 체력적으로 부담이 되어 얼마 전부터 위탁하여 벌초를 하고 있고 흩어진 묘들을 더 이상 관리하기 힘들어 가족 묘지를 조성하고 한곳으로 모았습니다. 그리고 아버지 묘가 약간의 거리를 두고 있어서 자식들이 관리하기에 부담이 될까 봐 　가족 묘지에 있는 어머니 묘 쪽으로 이장할 마음으로 지관과 의논을 하였더니 처음 생각과는 반대로 아버지 계신 곳으로 어머니를 모시는 것이 훨씬 낫겠다고 하여 가족 묘지에 있는 어머니를 조금 떨어진 아버지 계신 곳으로 고민고민 끝에 모신 것이 6년이 지났습니다.

이장 후 잔디를 잘 가꾸기 위하여 인터넷을 검색하고 나름대로 공부를 한 뒤 잡초 억제 약도 치고 잡초도 뽑고 일 년에 3~4회 성묘를 하면서 관리를 해 왔습니다.

4년 전에는 잡초 억제 약을 봉분에 너무 많이 쳐 가지고 잔디를 거의 다 죽일 뻔했다가 가까스로 살렸는데 올해는 동장군이라는 입제를 고루 고루 넓게 살포하지 못하고 보리 고랑에 씨 뿌리듯 줄줄이 뿌려 가지고 사진 처럼 잔디를 줄지어 말려 죽였습니다.

이 멍청한 사람이 제대로 하는 일이 없네요. 말라죽은 곳의 잔디가 제대로 복원되려면 또 2~3년 시간이 필요할 것 같습니다.

아! 아둔하기 짝이 없는...

느낌

2021.07.18

길

체육공원에 아침 운동 갔다가 같은 동에 사는 분을 아파트 단지 앞에서 만났습니다. 같은 라인에 살기 때문에 같은 엘리베이터를 타는데 그분은 7동 뒷길로 오시고 나는 7동 앞길로 와서 같이 엘리베이터를 탔습니다. 똑같은 목적지를 가면서도 늘 다니는 길은 7동의 앞길과 뒷길로 달랐습니다. 사람들은 항상 자기가 다니던 길, 익숙한 길을 선호하며 반복적으로 이용합니다.

야생동물들도 정해진 길을 반복적으로 오가는 습성 때문에 올가미에 걸려들어 사냥꾼의 손에 잡히게 됩니다. 처음부터 길이 있는 것은 아니지만 한 사람이 가고 또 한 사람이 가고 많은 사람들이 오가게 되면 길이 됩니다. 여러 갈래의 길 중에서 선호하고 자주 걷는 길은 사람마다 다릅니다.

물고기나 배가다니는 물길, 날것과 새가 다니는 하늘길, 로정路程을 얘기하는 천 리 길, 한적한 길, 고단한 길, 배움의 길, 도리나 임무를 말하는 어머니의 길, 험난한 여정旅程을 이겨내는 가시밭길 등 여러 갈래의 길을 쉬지 않고 가는 것이 인생길이 아닌가 합니다. [길]이라는 한마디에 내포된 많고 다양한 뜻을 가진 낱말은 드문 것 같습니다.

내가 가는 길은 황혼 길입니다. 유년 시절 부모님 보살핌으로 걸었던 길, 청소년 시절 친구들과 걸었던 길, 청년 시절 꿈과 같이 걸었던 길, 험난한 돌밭 같았던 장년의 길을 거쳐 황혼의 내리막길을 걷고 있습니다 지나온 길을 뒤돌아 보는 것은 접어두고 살아온 길을 갈무리하며 얼마 남지 않은 황혼 길을 갑니다. 어떻게 가야 하는지 어디로 가야 하는지 제대로의 자표도 없이 우왕좌왕 가는 것 같습니다. 그래도 가기는 계속 가야 하겠지요?

가수 최희준 선생님의 노래 [길]을 아주 좋아합니다. "세월 따라 걸어온 길 멀지는 않았어도 돌아보니 자국마다 사연도 많았다~ 오 진달래꽃 피던 길에 첫사랑 불태웠고 지난여름 그 길에는 흰 눈이 내렸다~ 오...." 내가 가야 될 길을 가고 있나?

느낌

청춘은 아름답다

"청춘은 너무도 짧고 아름다웠다. 젊은 날에는 왜? 그것이 보이지 않았을까?" 어느 절집에서 본 구절입니다.

청춘은 아름답다는 말이 가슴 절절히 와닿는 요즈음입니다. 이십대 청춘 남녀를 마주치면 그렇게 아름다워 보일 수 없고 내게 언제 청춘이 있었고 언제 흘러갔지? 하는 감회가 한가슴 가득 차 오릅니다. 아름답던 청춘 시절에는 그게 그렇게 아름다운 줄도 그렇게 빨리 지나간다는 것도 몰랐습니다. 지금의 청춘들도 역시 마찬가지인 것 같습니다.

내가 청춘이던 20대 때에는 남자가 26세 여자가 24세 정도가 결혼 적령기였습니다. 남자 나이 30세 여자 나이 26세를 넘으면 노총각 노처녀 딱지가 붙었습니다. 일 년에 너덧 차례 친구 결혼식에 우인 대표로 다니던 그 아름다운 시절을 좋은 시절인 줄도 모르고 지나쳤습니다. 지금 다시 되돌아간다 해도 옛날과 크게 달라질 것은 없는데 지나간 청춘에 대한 아쉬움이 넘쳐 나는 것은 청춘에 대한 뒤늦은 애틋함과 되돌릴 수 없는 시간에 대한 애석함 때문일 것입니다. 제일 왼쪽의 충수가 군 입대 후 첫 휴가 나왔을 때로 추정되는 청춘 시절의 사진입니다. 판식이랑 셋이 소주 몇 병 들고 매화산에 올라가서 기분 좋게 취했던 짧은 청춘

시절의 하루였습니다 참 그립고 되돌아가고 싶은 시절이었습니다.

느낌

댓글 **박민정 김해愛살다**
보라색 나팔꽃의 꽃말은 "기쁜 소식"이라고 합니다. 오늘
좋은 소식 있기를 바랍니다.

農璇 鄭漢植
행복을 배달합니다. 오늘도 좋은 일 행복한 일만 가득한
하루 보내시길 바라요.

방승섭 ▷ 박민정
늘 스토리는 잘 보고 있습니다. 박 의원 같은 분들은 이명
박 대통령 한 번 더 해야 한다고 하던데요. ㅎㅎ 자전거
애호가들에게는 고마운 사람이겠지요. 한문 공부는 언제
또 그렇게 많이 하셨는지.. 항상 건강하시고 활력 넘치게
사는 모습 보기 좋습니다~.

방승섭 ▷ 農璇 鄭漢植
더운데 잘 지내 시나요? 빠지지 않고 읽어주셔서 고맙습니다!

무너져가는 대한민국

표 계산의 달인들이 표가 많은 쪽으로 갈라치기 하는 정책 때문에 대한민국이 무너지고 있습니다. 경영자보다는 근로자, 부자보다는 가난한 자, 의사보다는 간호사 등, 표가 적은 쪽을 후려쳐서 표가 많은 쪽의 불만을 해소하고 환심을 사기 위해 못하는 일이 없습니다. 최근 유엔무역 개발 회의(UNCTAD)가 우리나라의 지위를 개발도상국에서 선진국 그룹으로 승격시켰습니다. 1964년 UNCTAD 설립 이후 57년 만에 개도국에서 선진국으로 지위를 변경한 것은 우리나라가 처음이라고 합니다. 우리 스스로 선진국임을 자부하는 것이 아니라 세계가 인정하는 국제기구에서 우리나라를 선진국으로 인정한 것입니다. 이렇게 세계가 깜짝 놀라도록 비약적인 발전을 한 우리나라가 얼마 못가 다시 주저앉을 수 있는 위기를 자초하고 있습니다.

경제성장은 둔화되고 빈부격차는 심화되며 공정과 상식이 실종되어 옳고 그른 것을 분별할 수 없게 되고 모두가 쓸모없어 내다 버린 이념 논쟁에 매몰되어 국민은 두 동강이 나고 있습니다. 세계 최빈국에서 최단 시간에 선진국이 된 이 나라의 지도자와 시대의 주역들을 친일, 매국, 독재, 반민족, 반 통일 세력으로 분칠하고 손가락질하며 국민을 선동하고 있습니다. 나치의 선전선동에 휘둘려 유태인을 학살하고 2차대전으로 폭망한 독일 국민이 생각납니다. 이러고도 망하지 않는다면 그게 이상하지 않습니까? 정권을 잡아도 청와대 비서, 검찰, 국세청, 국정원 등 권력기관에는 내 사람을 쓰지만 일을 해야 하는 정부기관의 장, 차관은 천하의 인재를 뽑아서 일을 맡긴 것이 역대 정권의 인사 원칙이고 오늘의 대한민국이 선진국 반열에 오르게 된 동인이었다고 생각합니다. 역대 경제부총리나 재정경제부 장관의 면면을 보면 기라성 같은 인재들이 줄줄이 등장합니다. 내각의 장관들도 정치적 중립과 소신을 가지고 있었습니다. 박 대통령 때의 장기영, 남덕우, 신현확, 전두환 시절의 김재익 경제수석을 비롯한 신병현, 서석준, 김만제, 외환위기 극복의 주역 이헌재 등은 경제정책의 최고사령관이었습니다. 지금은 어떤가요?

법무부 장관에 정치인을 앉혀서 法無部로 만들고 경제수장은 소신 없는 정권의 하수인을 앉혀놓고 나랏빚이 폭증하게 돈을 뿌리고 있습니다. 어디든 능력과 상관없는 내 편만 앉혀놓고 정책이라고 내놓는 것은 나라 망할 짓뿐입니다. 윤희숙 국민의힘 국회의원이 저술한 [정책의 배신]을 한번 읽어 보면 이 정부의 소주성 을 비롯한 주요 정책들이 얼마나 황당무계하고 졸속으로 추진되는지 그 실상을 자세하게 알 수 있습니다.

최저 임금의 급격한 인상이 경제적 약자들을 얼마나 어렵게 하는지, 주 52시간 근무 강요가 중소기업을 얼마나 벼랑 끝으로 내몰고 있는지, 비정규직을 없앤다고 마구잡이로 밀어붙이고 있는 인공국사태등이 노동시장의 이중구조(대기업과 공공부문 근무자와 중소기업과 영세사업장 근무자)를 얼마나 심화 시키고 있는지, 지금의 국민연금 제도를 방치하면 미래세대가 짊어져야 할 부담이 감당할 수 있는 수준인지, 듣기 좋게 얘기하는 정년연장이 과연 의도대로 근로여건과 고용구조가 취약한 계층(중소기업, 영세사업체 등 고용 지속이 불안정한 기업체 또는 사업체)에 혜택이 될지 독이 될지 진단은 해봤는지, 신산업정책으로 쇠퇴하게 되는 사양산업에 대한 대책을 수립하기 보다 신산업을 억제하고 경쟁력 없는 산업 종사자를 보호함으로써 재편되는 신산업에서 뒤처지는 낙후국가로 전락할 우려는 없는지, 빚에 빚을 보태는 재정정책, 마구잡이로 선진국을 따라가는 복지정책, 날로 심화되는 소득불평등 대책 등, 현 정부의 정책 전반에 관해서 날카로운 분석과 대안을 제시하고 있습니다.

다음 선거에서는 아무것도 모르는 얼간이들, 할 줄 아는 것은 현찰 뿌려서 표 얻을 궁리나 하면서 나라를 어디로 끌고 가는지도 모르는 놈들을 모조리 걸러 내어야 하지 않겠습니까? 아무짝에도 쓸데없는 괜한 걱정거리를 만들어서 스스로 기분만 상하게 했나 봅니다.

　[쓰잘데 없는 짓]

느낌

댓글   김영순

얼마 전 유튜브에 올라왔던 글귀 하나가 생각납니다.
개 돼지가 해도 지금보다 낫겠다는 극단적인 비유.
직접 손으로 임명한 수장들이 반기를 들고
나오는 것도 이 정부가 처음이지 싶어요.

그냥 움츠려 읍소나 하고 하루하루 겨우 연명하는
저 같은 무지렁이뱅이가 봐도 참 너무한다는 생각입니다.

백신 확보에 너무 안일하게 대처해서 4차 대유행까지
가고 있는데 국민 의식이 느슨해진 탓으로 돌리질 않나
아예 눈 감고 귀 막고 사는 게 현명하겠지요.

방승섭 ▷ 김영순

여성 국회의원 중에서 참 아까운 사람들이 뜻을 못 펴고
사라지는 경우가 많아요 이언주 의원도 그렇고... 윤희숙
의원도 뜻을 한번 펴볼 수 있는 기회가 주어졌으면 하는
바람을 가지고 있습니다.

공정하다는 착각

많이 배우고 잘 사는 부모에게서 태어난 아이와 못 배우고 가난한 부모에게서 태어난 아이의 경쟁이 공정한가요 아닌가요? 열심히 일해서 잘 사는 사람에게 많은 세금을 거두어서 못 사는 빈민층에 공짜로 나누어 주는 것은 정의로운가요? 아닌가요?

월남전의 미군 수색대가 작전 중에 병든 노인과 어린이 등 7명의 민간인에게 노출되었습니다. 살려보내면 수색대가 위험해질 수도 있고 그렇지 않을 수도 있습니다. 수색대장은 고민 끝에 살려 보내는 선택을 했습니다. 결과는 베트콩에 포위된 수색대를 구출하기 위한 지원 병력을 포함 20명이 넘는 미군의 희생으로 나타났습니다. 병들고 유약한 민간인 7명을 살려보낸 인과는 20여 명의 미군의 전사라는 응보가 되었습니다.

수색대장에게 정의란 어느 것입니까? 민간인을 죽이고 전우를 보호하는 것인가요? 살려보낸 민간인이 베트콩에게 확실하게 신고할 때는 그럴지도 모릅니다. 신고할 수도 안 할 수도 있는 미확정 상태에서의 결정은 어느 것이 정의인지 결과에 따라 달라질 수 있는 것에 기반하여 무엇이 정의인지 묻고 있는 것입니다.

능력주의가 가장 공정하다는 결과에 함몰되어 있습니다. 30

대의 야당 대표는 지방선거 후보자를 IT 처리능력으로 선발하겠다는 능력주의를 내세우고 있습니다.

학교 공부 열심히 해서 좋은 대학 가고 치열한 경쟁을 통과해서 좋은 직장 얻고 여유롭게 살아가는 것을 우리는 능력주의라 하고 그것이 가장 공정한 것이라고 생각하고 있습니다.

부유한 가정의 아이와 가난한 집의 아이가 좋은 대학을 가기 위한 경쟁이 공정하게 이루어지고 있나요? 아이로서는 어쩔 수 없는 기울어진 운동장에서 출발하지 않나요?

샌델 교수의 저서[정의란 무엇인가]와 [공정하다는 착각] 을 읽었습니다만 알듯 말듯 정리되지 못한 혼돈만 남았습니다. 샌델 교수의 사유와 지식이 동·서양의 공자 노자 소크라테스와 플라톤을 넘나들고 아담스미스와 케인즈를 파고드니 독자가 이해하기 쉽도록 쓴다고 쓴 책이 정말 이해 난감합니다. 한번 통독을 하고 다시 정독을 하는데도 그렇습니다. 최승자 시인의 시를 읽으면서 느꼈던 절벽을 샌델교수의 책을 읽으면서도 느끼고 있습니다. 그러나 정의와 공정의 역설을 다시 한번 생각해 보는 계기는 되었지 않나 싶습니다.

느낌

수종정침壽終正寢

　"하늘이 준 목숨대로 살다가 마지막에 있어야 할 자리에서 생을 마감하는 일을 수종정침이라고 합니다.　풍파 가득한 세상에서 오욕에 물들지 않고 수명을 다 누리다 제 집에서 편안하게 마지막을 맞이하는 것입니다"

　태어나는 것은 어머니 배속에서 열 달 가까이 있다가 세상 구경 하게 되니 모두 비슷하지만 마지막 가는 모습은 천태만상입니다. 일찍 가거나　늦게 가기도 하고 병으로 가고 사고로 가고 스스로 가고 또는 타의에 의해　하늘이 준 목숨대로 살지 못하고 마지막 길을 가기도 합니다. 수종정침을 하는 것이 그렇게 쉬운 일이 아니라는 생각이 듭니다. 어머니 44살의 늦둥이로 태어나서 3년 후에는 아버지 수종정침을 하신 나이가 됩니다. 삶의 흔적을 정리할 때가 되었습니다만 짧다면 짧고 길다면 긴 지난 세월에서 남겨놓거나 남아있을 흔적이 거의 없는 것 같아 씁쓸합니다.

　산다는 게 뭐지? 하는 마음이 되풀이해서 드는 건 아등바등 살아오다 그　끝자락이 보이는 지금쯤 마음에 자리 잡는 자연스러운 상념이 아닌가 생각합니다 [신도 인간의 창조물]이라고 생각하는 무신론자입니다만 가끔 하늘보다 더 넓게 텅 빈 마음을 조금이라도 채울 수 있는 무엇이 갈급해집니다 부처님이든 하나님이든 용왕님이든 삼신할미든... 이십여 년 전 대만 까오슝 근처의 보건산 묘통사에서 [묘덕]이란 법명을 수계 받았습니다만 신심이 깊은 불자는 못됩니다 대만 사람들 중 많은 이 들은 자식들이 장성해서 결혼하고 나면 자기 생활을 정리하고 출가하는 사람들이 꽤 많습니다 세속적 소임이 마무리되고 나면 부처님의 가르침을 배우며 삶의 마지막을 [靈] 적으로 풍요롭게 하면서 수종정침을 하는 것이지요 저도 곁눈질을 했습니다만 결단력이 부족해서 곁눈질로 끝나고 말았는데 그게 시간이 갈수록 더욱 아쉬워집니다.

건강을 잘 챙겨서 아버지같이 가족들이 수고스럽지 않게 편히 수종정침壽終正寢 하는 것이 남은 바램이 되었습니다.

느낌

댓글　손*규
　　　사용하다가 모두 다 버리고 갈 것을... ^^ ^^

추억속의 재회

　내가 태어나고 자란 진주시 일반성면 창촌은 한마을이 700여 호 되는 반도半都 반촌半村의 마을입니다. 6. 25직후 천금같이 귀하던 시절에도 전기가 들어오고 5일 장은 당시 진양군의 동부 5개 면과 고성군 개천 면민 등 6만여 명이 이용하는 서부경남에서 아주 큰 규모의 장이 서는 곳이었습니다.

　서향이었던 집에서 서북쪽으로 [땅띠]라 하고 부르는 언덕배기가 보였고 그 언덕배기에는 수령 2~3백년은 되어 보이는 느티나무 2그루가 있었습니다. 소먹이는 아이들의 집결지이고 추석에는 온 동네 사람들이 그네를 뛰는 힐링공간이었으며 여름이면 어김없이 뻐꾸기와 멧비둘기가 밤낮없이 울어대던 곳이기도 합니다. 뻐꾸기 소리야 다 알지만 멧비둘기 소리는 얼마 전까지만 해도 잘 몰랐습니다. 어른들에게 물어도 잘 몰랐고 어떤 사람은 [풀국새] 어떤 사람은 [쑥국새] 라고 하는 등 오락가락했으니까요!

　몇 년 전 인터넷 검색을 통해서 멧비둘기 소리란 걸 알았고 풀국새는 뻐꾸기의 경상도 사투리 쑥국새는 멧비둘기의 전라도 사투리란 걸 알았습니다. 소리로 익숙한 새는 뻐꾸기와 멧비둘기이고 눈에 익숙한 새는 참새와 제비입니다. 그 많았던 참새와 계절 따라 어김없이 오가던 제비는 찾아보기 어렵게 되었고 귀에 익은 뻐꾸기와 멧비둘기 소리는 내가 사는 김해에서도 변함없이 들을 수 있습니다. 땅띠 언덕의 느티나무도 원줄기는 수명을 다해 사라지고 뿌리에서 나온 새 줄기가 자라고 몇천 명이 북적이던 5일장도 겨우 명맥만 이어갈 정도로 쇠락했습니다.

　고향은 줄어든 사람들 만큼 활기를 잃어버렸습니다. 아침 운동하면서 듣는 뻐꾸기와 멧비둘기 소리에 다시 되짚은 [추억 속의 재회]였습니다. 뻐꾸기와 멧비둘기는 눈으로 본 적이 별로 없어 생김새를 잘 모릅니다. 아침 운동하면서 찍은 비둘기?인데 집비둘기 하고는 약간 다릅니다. 멧비둘기 같다고 지레 짐작하고 있습니다.

느낌

인두겁을 둘러쓴 버러지들

　이용수 할머니가 윤미향의 위안부 성금 횡령을 폭로한 기자회견 이후 인터넷에 떠돌거나 할머니에 대한 모독행위를 보면서 피가 거꾸로 도는 듯한 분노와 앉아서 구경만 할 수밖에 없는 무력감에 세상이 싫어져 갑니다. 이용수 할머니를 트럼프 대통령 초청행사, 대선전 마지막 날 등 고비고비 때마다 초청해서 얼싸안고 지극정성으로 받들어 모시는 쇼를 하면서 표를 구걸한 문가가 그동안 위안부 할머니들을 팔아서 모은 성금이 제대로 쓰였는지 밝혀달라는 지극히 당연한 주장, 마음만 먹으면 간단하게 해결될 일을 나 몰라라 하고 있습니다.

　국민의 성금을 도둑질했다는 주장이 제기되고 있는 도둑년을 비례대표 국회의원으로 공천하고 30년 위안부 운동에 헌신한 시민운동가로 탈바꿈시켜 그 헌신을 폄훼하면 안 된다는 요설로 국민을 속이는 양두구육을 하고 있으며 그를 국회로 초청한 잡놈들은 도둑질의 진상을 밝히라는 위안부 할머니들과 국민들의 요구를 친일세력, 토착 왜구들의 윤미향 흠집 내기라고 현실을 호도하고 있습니다. 소위 문빠라는 골수 지지층은 인터넷에서 할머니에게 왜놈을 보고 총질을 해야지 왜 우리 국민을 보고 총질을 해서 왜놈들 만 좋게 하느냐고 저주를 퍼붓고 가짜 위안부 라느니 남의 첩이었다니 하는 인신공격과 심지어 대구 출신이라는 지역분열과 특정지역 모독까지 서슴치 않고 있습니다.

이 나라가 지금 어디로 가고 있나요? 나라 안위가 백척 간두에 서고 경제가 어려운데 죽창가를 부르며 친일·반일로 국민을 쪼개기 하고 일본과 불필요한 마찰을 일으켜 외교적 고립을 초래할 것이 아니라 불행했던 과거사 중에서 털 수 있는 것은 털고 미래 지향적으로 갈수 있도록 국민을 설득하고 이끌어 나가야 될 것 아닌가요! 전 국민에게 현금 퍼붓기만 할 게 아니라 규제를 풀고 자금을 지원해서 기업을 살리는데 정부 역량을 쏟아부어야 될 것 아닙니까?

그래야 나라 경제가 제대로 살아나고 제대로 된 일자리가 생겨나지요! 나라 빚은 반년새 100조가 늘었다는데 그래도 지지율이 60%가 넘는다니 나는 딴 세상에 살고 있는 사람인가 하는 생각이 듭니다. 재난지원금 받아서 잘 쓰고 있는 국민들 입꼬리는 귓가에 걸려 있습니다. 공짜 맛에 분별이 흐려져 갑니다. [약은 입에 쓰고 우선 먹기는 곶감이 달다]는 우리 속담이 절절하게 다가옵니다.

마이클 샌델 하버드대 교수의 [정의란 무엇인가]를 읽어본 적이 있습니다. 여러분은 무엇이 정의라고 생각하십니까? 배고픈 사람은 남의 음식을 훔쳐먹거나 뺐어먹어도 처벌을 해서는 안된다는 것이 인도주의이고 정의입니까? 잘 사는 사람의 호주머니를 세금이라는 명목으로 뺏어 가지고 못 사는 사람에게 최저 생계비 지원이라고 포장해서 공짜로 호주머니에 찔러 주는 것이 공정한 소득 재분배입니까? 여러분은 어떤 정책이 국민을 위하고 나라를 반석 위에 올려놓는다고 생각됩니까? 어떻게 하는 것이 미래의 나라와 국민을 위한 최선의 길이라고 생각하십니까?

이 사태에서의 정의는 이용수 할머니의 간절함을 깨끗하게 풀어 드리는 일입니다. 힘들거나 돈 들지 않습니다. 검찰이 하루만 조사하면 됩니다.

그리고 나라살림이 거덜 날 정도로 돈을 살포해서 권력 유지하고자 발버둥 치는 인두겁을 둘러쓴 버러지들을 투표로서 깨끗이 청소해야 합니다.

인간의 도리

부산 망미동에 사는 친구가 아들 결혼식을 축하해 준 고향 친구들에게 밥 한 끼 산다고 해서 어제 진주 다녀왔습니다. 오랜만에 보는 고추 친구들 13명이 모여서 오순도순 점심을 먹고 저녁에는 부부 함께 4팀이 저녁을 먹었습니다. 강산이 두 번 변할 만큼 오랜만에 만나는 친구도 있었습니다.

그중에서 그냥 간이 안 좋아 이식했다는 정도로 알고 있었던 친구의 속 사정을 듣게 되었습니다. 두 번의 간암 수술에도 불구하고 아들의 간을 이식받아야 했다고 합니다. 두 번의 수술이 실패했을 때의 심정이 어떻 했을지 가늠하기 힘들고 옆에서 지켜보는 안식구의 마음이 어떠했을까 생각하니 가슴이 아려 왔습니다. 아들에게서 간을 이식받는 아버지, 아버지에게 간을 이식해 주는 아들 그런 부자父子를 지켜보는 아내이자 엄마의 마음이 어떻 했을지 가늠할 수 있겠습니까?

그런데 그게 전부가 아니고 치매와 중풍 한 가지도 감당하기 힘든 병인데 두 가지가 겹친 시어머니를 먹이고 대소변 받아내고 목욕시키는 힘든 간병 생활을 1~2년이 아닌 십수 년 해오다가 지난 4월에야 손을 놓았다고 합니다. 눈물이 핑 돌았습니다. 어떻게 그 힘든 일을 해낼 수 있었느냐는 질문에 [인간으로서의 도리]를 다했을 뿐이라는 대답이 돌아왔습니다. 병들면 두말할 필요 없고 멀쩡한 부모도 직접 모시기보다는 요양원으로 보내는 게 일반화 되어가는 요즈음인데 보기 힘든 아내이자 며느리가 내 친구의 곁을 지키고 있으니 그야말로 감격스러웠습니다.

태산보다 더 크고 무거운 여인이 내 앞에 있었지요! [인간으로서의 도리]를 생각하면서 살아간다는 것! 세월 따라 변해가는 가치관의 아노미 시대에 많은 생각을 하게 하는 사연을 접하고 돌아왔습니다 나는? 하는 생각으로 되새겨 봅니다.

장삼이사張三李四의 나라 걱정

　나라가 네조각 났습니다. 좌파와 우파, 반일과 친일로 나뉘어 생각이 다른 집단을 향한 적대감이 사생결단 수준입니다. [역사는 되풀이되는 것]이라는 말이 섬찟하게 가슴에 와닿습니다. 임진왜란이 어떤 전쟁입니까? 우리가 아는 3대첩이나 이순신 장군의 23연승은 그나마 내 세울 수 있는 승전 기록입니다.

　조선 제일의 장군 신립이 지휘한 8천 정예 기마병은 탄금대에서 몰살 당했고 두 달 뒤 용인에서는 하삼도 각지에서 급조된 6만 오합지졸 조선군이 일본 해군 장수 [와키자카 야스하루] 가 지휘하는 1천6백 명의 왜군에게 궤멸되었으며 가까운 사천 선진리성에서는 조. 명 연합군 3만이 8천 왜군에게 참패를 당했고 그 전과를 보고 하기 위하여 베어낸 코와 귀는 본국에 보내고 목을 잘라 조. 명 군총 무덤을 만드는 등 참혹한 패배가 부지기수인 전쟁입니다.

　혼자 길가는 사람을 잡아먹어야 하는 백성들의 삶이 임진왜란입니다. 그들에게 300여 년 뒤에 결국 나라를 빼앗기는 굴욕의 역사가 우리 역사입니다. 해방도 우리 힘으로 이루어 내지 못했는데 지금 우리가 좌우, 친일, 반일로 나뉘어 막무가내식 적대감을 표출하면서 국력을 소진할 때가 아니지 않습니까? 5천만

이 지도자를 중심으로 똘똘 뭉쳐 맞서도 버거운 상대 앞에서 자중지란을 계속하면 400년 전 그리고 불과 100년 전의 역사가 되풀이되지 않는다고 말할 수 있을까요? 대통령이라는 양반도 그렇습니다. 방향은 옳다고 생각합니다. 통일이 되어야 하고 평화를 정착 시키기 위한 기반을 다져 나가야 되며 극심한 소득 불균형도 바로잡아 나가야 합니다만 통일이나 평화가 저자세 일변도의 구걸이나 유화정책 만으로 이루어지는 것이 아니며 잘 사고 못 사는 빈부격차를 밥그릇 깨면서까지 바로 잡겠다는 것은 수단이 목적을 형해화 시키는 결과를 불러올 수도 있다는 것을 몰라서야 되나요?

실제를 본인도 잘 모르는 것으로 짐작되고 뜬금없는 [남북평화경제]로 일본을 따라잡겠다는 소가 웃을 소리를 하고 앉아 있으니 국민들이 지도자를 신뢰하고 따라갈 수 없지요. 본인이 변화하기 힘들면 제발 민주화 한답시고 끄덕거리면서 동서남북을 모르는 참모들이라도 좀 교체하시고 해외순방 가서 혼밥 먹는 나라 망신 시키지 말고 경제 활력을 회복하는 데 도움이 되는 실리 외교부터 시작하세요. 우리 같은 민초가 할 일은 두 가지라고 생각합니다.

대통령은 우리 손으로 뽑았고 임기가 보장되어 있습니다. 중도 사퇴의 불상사와 그 이후의 혼란은 박 대통령 한 번으로 족합니다. 지도자가 하고자 하는 일은 일치단결해서 밀어주어야 합니다. 만약 꼭 그렇게 하는 것이 싫거나 마음에 들지 않는다고 해도 딴지를 걸어서 국론을 분열시키는 것은 자제해야 됩니다. 뒤통수를 치는 중국이 좋아하고 옆구리를 차는 일본이 득이 되는 일을 해서야 되겠습니까?

다음은 친일도 반일도 좌도 우도 아닙니다. 국익과 극일에 최우선의 가치를 두고 우리 모두 똘똘 뭉쳐야 하고 그에 반하는 정치집단이나 정치인은 선거를 통해서 철저하게 심판해야 합니다. 그 나물에 그 밥이고 도토리 키 재기 같아도 잘 살펴보면 인재는 많이 있는 나라라고 생각합니다. 세계사에 유래를 찾아보기 힘든 우리나라의 경제발전과 선진국 진입은 소위 민주화 운동했다고 끄덕 거리는 사람들이 독재라고, 매국노라고, 매판자본이라고, 천민자본주의라고, 손가락질하는 분들의 헌신적 노력과 체제 그리고 국민들의 눈물겨운 노력이 뒷받침 되었기 때문입니다. 지금 정권을 잡고 오만방자하게 나라를 망치고 있는 모리배 집단은 땀 한 방울 보태지 아니한 전혀 관계없는 일입니다. 장삼이사 한 분 한 분이 모이면 오천만이 되지 않나요?

민감한 독도 영공을 중·러가 비집고 들어와서 일본과 싸움을 붙이는데 말려 들어가는 것 같아 해본 소립니다.

"남북경협 '평화경제' 되면
일본 단숨에 따라잡는다"

·령 "日 우릴 막을 수 없어
국으로 가는 자극제될 것"

제 규모와
시장"이라

문 대통령

제야말로

나라도 1

우리만·

대통령은 5일 "남북 간 경제 협
化 경제가 실현된다면 우리는

느낌

댓글   農璇 鄭漢植
        100% 공감합니다. 나라꼴이 정말 걱정입니다.
        저런 것들이 국정을 운영하고 있으니 ~~

        방승섭 ▷ 農璇 鄭漢植
        누구에게 맡기든 나라꼴 걱정됩니다. 마지막 더위에 건강
        잘 챙기세요

        김영순
        귀가 솔깃해지는 글입니다. 지금은 내 탓 너 탓할 때가 아
        닌데 여전히 내로남불식이니 힘없는 국민의 한 사람으로서
        는 그냥 한숨만 나올 뿐입니다.
        어떻게 여기까지 왔는지를 돌이켜 생각해 봐야 할 때인데
        .. 밥그릇 싸움이나 하고, 정치 기본도 모르는 언론 플레이
        나 던지는 모습들이 헛웃음을 자아내게 합니다.

        정은숙
        공감 가는 글입니다
        잘 지내시죠?

사노라면

어제저녁 큰아이와 소주 한잔하는데 우연히 나의 석사학위 논문 얘기를 했습니다. 내용을 말하는 게 아니고 맨 뒤의 후기에서 제 엄마를 언급한 부분을 얘기했습니다. 학교 전자도서관에서 논문을 검색해서 읽어봤는데 후기가 가장 인상 깊었다고...

만학이었지만 17년 전인 2001년의 일이었기 때문에 내가 무슨 내용의 후기를 썼는지 잘 기억이 나지 않았습니다. 집에 여분으로 보관하고 있는 논문을 꺼내어 후기를 다시 한번 읽어봤습니다.

나는 40년 가까운 공직 생활 동안 2번을 공직 사퇴의 기로에 섰던 적이 있습니다. 처음은 위생처리장 소장으로 있으면서 하천 오염사고가 발생하고 그게 주민 고발로 형사 문제가 되어 공직을 그만 둘뻔한 위기를 겪었고 두 번째는 기초 자치단체로서는 전국에서 처음으로 5천억 원 가까운 돈을 투자하여 경영수익사업으로 야심 차게 시작한 택지 개발사업이 순조롭게 추진되다가 97년 전대미문의 IMF 사태로 좌초 위기에 빠지면서 사업 추진 방향 (컨소시움으로 공동도급한 건설업체 중 한 곳의 도급 해약 요청 수용 여부 등)을 두고 시장과 극심한 갈등을 겪다가 대기발령을 받고 1년 가까이 위성 공무원이 되었을 때입니다. 후기를 다시 보니 그 힘든 과정을 극복해가는 과정을 얘기하고 있었습니다.

사노라면 인간은 천재지변. 불의의 사고 등 인간의 해결 능력을 벗어나는 일에 부딪힐 때가 있고 그래서 [신]이라는 전지전능한 존재를 만들고 의지하는 것 아닌가 하는 나름의 종교관을 가지고 있습니다.

어딘가 의지하고 싶은 생각이 간절하게 들 만큼 마음이 무거운 요즈음입니다. 둘째가 마음고생을 많이 하고 있는데 내가 해줄 수 있는 것은 아무것도 없습니다. 자식 문제만큼 마음대로 안 되는 일도 없지 않을까 합니다.

[이 또한 지나가리라]는 성경? 말씀을 마음의 위안으로 삼고 기다리고자 합니다.

[쉼표 하나 찍으면서]

95년 당시 나는 김해시의 택지 개발과장이었다. 4300억 원의 사업비를 투자하여 60만 평의 택지를 개발, 시민에게 저렴하게 공급하고 적정이윤은 시의 재정에 보탠다는 경영수익사업의 책임자였다.

일반 시로서는 좀 벅찬 규모의 사업이었다 현대, 삼성, 대우, 동아, 등 굴지의 건설회사를 찾아다니며 사업설명을 했다.

그러한 노력의 결과 사업 지구 내의 아파트 부지를 대물변제하는 조건으로 1.000억 원의 민간 자본을 유치하는 등 출발은 비교적 순조로웠다.

97년 말 IMF라는 불청객이 찾아왔다. 회사 부도, 자영업자 영업 부진, 실직 등 애달픈 사연과 함께 분양된 택지에 대한 해약요구가 터진 봇물처럼 밀려들었다. 사업비 조달을 위해 기채한 1300억 원과 그 이자, 절반의 미분양 택지, 그리고 해약요구 사태, 이러한 악조건 보다 더욱 암담한 것은 내가 난관을 타개할 해결책을 찾아낼 수 없다는 것이었다. 불면의 날들을 보냈다.

98년 5월 지방 선거가 있었고 8월 나는 대기발령을 받았다. 위기에 처한 중요한 사업에 안일하게 대처했기 때문이라고 했고 허위보고를 한 때문이라는 참담한 소문도 청내에 회자되고 있었다.

허탈과 분노, 자괴감이 마음에서 들끓었다. 이렇게 공직을 떠날 수 없다는 오기가 발동했고 그 오기를 지탱해 줄 버팀목이 필요했다.

선택한 버팀목이 대학원 공부였다. 자녀를 2명이나 대학에 보내고 있는 형편에서 본인마저 책가방을 들고 나섰으니 가계부는 적자투성이가 될 수밖에 없었을 것이다. 내가 4학기 등록을 마친 어느 날 [안식구]는 25년간의 전업주부를 폐업하고 생명보험회사 영업사원으로 나섰다 그런 우여곡절 끝에 이제 쉼표 하나를 찍는다.

언제 가는 찍게 될 인생의 마침표를 좀 더 의미 있게 찍기 위해서이다. 대기 1년 면장 2년의 세월이 흘렀다. 조직인으로서의 티끌과 인간으로서의 앙연을 털어내기 위해 새 버팀목은 부처님의 가르침을 배우는 것으로 정했다.

논문 작성에 도움을 주신 많은 분들께 감사드린다. 강성철 지도 교수님, 자료를 수집해 준 행자부 공효식 사무관, 설문지 배부와 회수에 고생하신 S 시 유길준 비서관님, B 시 차진용 학우, H 구 이병춘 과장님, D 군, 조형성님, K 시 박용현 님에게 머리 숙여 감사드린다. 부족한 사람이 부족하지 않게 살아갈 수 있도록 도와주시는 정겨운 이들의 앞날에 항상 신의 가호가 있기를 기원한다.

[나무청정법신 비로자나불]

2001.6

김해상동에서 방승섭

느낌

댓글　**김주영**
名將은 죽지 않는다, 단지 사라져 갈 뿐 － － － .
형님이라 부를 수 있음이 자랑스럽습니다.
조석으로 선선하니 환절기에 건강하세요.

방휘명
그때 생각하면.. 가슴이 뭉클해집니다..
고생하셨습니다.

김영순
힘든 시간을 배움으로 극복하셨다니 역시 오라버니다우십
니다. 날씨가 제법 선선해졌네요.
건강 조심하세요.

방승섭 ▷ 김영순
건강하시지요! 지겹던 더위도 절기 따라 쫓겨가네요! 참 좋
은 가을에 좋은 추억 많이 만드세요.

어르신과 할아버지

특수대학원에서 석사과정 공부를 한때가 50대 초반이었습니다. 신입생 오리엔테이션에 참석 한 곳이 효원 회관이었는지 대강당이었는지 잘 기억이 나지 않지만 실내인 것은 확실합니다. 자리에 앉자마자 [어르신]하고 부르는 소리가 들렸지만 무심코 앉아 있는데 또[어르신]하고 부르길래 주위를 둘러보니 나 말고는 50대가 없었습니다. 그제야 소리 나는 곳으로 시선을 돌려 보니 나를 부른 것이었습니다. 생전 처음 들어본 [어르신] 소리였습니다. 그렇게 어색할 수가 없었습니다. 사전적 의미의 [어르신]은 아버지뻘 또는 그 이상의 사람에 대한 존칭입니다.

며칠 전 더위에 공을 치고 한낮에 아버지 산소의 벌초를 하다가 탈진을 해서 어지럽고 메스꺼운 후유증 때문에 병원 신세까지 졌습니다. 며칠 약수터에도 못 가고 있다가 오늘 아침 모처럼 약수터에 갔다가 운동장을 돌고 있는데 세 살배기쯤 되어 보이는 손자를 데리고 아침 산책 겸 운동을 하던 60대 초반쯤의 할머니가 나하고 마주치자 [할아버지]에게 인사해야지 하고 손자에게 말했습니다.

티 없이 방긋 웃는 애기의 미소보다 아름다운 게 이 세상 어디에 있을까요? 이런 감정도 나이[듦] 과 전혀 무관하지는 않을 겁니다. 지금은 열 명 중 아홉 명은 할아버지로 부르고 앞뒤를 좀 잴 줄 아는 사람 한 명 정도는 아저씨나 다른 호칭으로 불러 줍니다. 어르신이란 존칭을 처음 들었을 때의 어색함처럼 할아버지 소리도 처음에는 어색했지만 이젠 아주 자연스러운 때가 되었습니다. 내가 내 얼굴을 봐도 내 나이가 보입니다 어느 순간에 세월의 흔적이 켜켜이 쌓여있는... 살아온 날에 대한 아쉬움과 살아갈 날에 대한 덧없음이...

느낌   

댓글   김주영
거친 계곡의 소용돌이 돌고 돌아
조약돌 부딪히며 쪼잘대던 자갈 천을 지나
석양빛 감도는 강물의 고요와 잔잔함과 은모래 반짝임이
눈에 밟혀 자꾸만 마음이 아련해짐은 일장춘몽의 인생사가
덧없는듯합니다.
–다대포 일몰을 보며–

사모곡

　오늘 아침 월드 컵 준결승 잉글랜드와 크로아티아 경기를 보고 조금 늦게 약수터에 가다가 체육공원 사격장 부근에서 찍은 사진입니다. 오십 초반쯤 보이는 아들이 구십 가까운 노모를 모시고 운동을 시키고 있었습니다. 노모의 걸음걸이는 돌 지난 애기들의 걸음걸이 비슷했습니다. 기우뚱거리며 간신히 걸었습니다. 코끝이 찡 해오길래 카메라에 담아 두려고 했는데 사람의 마음은 이심전심이라고 앞서가는 빨간 모자에 노란 상의를 입은 아주머니께서 휴대폰으로 한 컷 먼저 찍고 갔습니다. 모자지간의 정이야 사람마다 다를 게 있겠습니까 마는 그것이 행동으로 나타나는 것은 천차만별이고 요즈음은 보기가 쉽지 않은 모습이었습니다.

　나의 어머니는 3남 3녀 6남매를 생산하셨고 44살의 나이에 늦둥이로 나를 낳으셨습니다. 아들 둘은 놓쳐버리고 딸들은 모두 출가를 시켰는데 큰 누님은 내가 초등학교 졸업하던 해에 난산 후유증으로 돌아가시고 두 분 누님은 아직 정정하십니다. 어머니는 큰형의 지병을 치료하기 위해 거의 모든 재산을 팔고 종교란 종교는 다 찾아다니며 기도하신 보람도 없이 엄청난 고생만 하시다가 92년 87세로 돌아가셨습니다. 나이가 들어갈수록 살아계실 때 잘 해드리지 못한 것이 후회되고 가끔은 가슴이 아플 때도 있습니다. 노모를 지극정성으로 챙기는 초로의 아들이 그렇게 고마울 수가 없었습니다. 많은 생각을 하게 된 아침이었습니다.

느낌 💑💗👤💗👩💗👥💗

댓글   김주영
아름다운 산책입니다.

形憲 李忠洙
승섭아, 돌아가신 어머님을 그리워하는 네 마음이 참 절절하구나 싶은 가운데 어릴 적 너를 끔찍이도 사랑으로 대하시던 자애로우신 모습들이 떠오른다.

방승섭 ▷ 形憲 李忠洙
별일 없지! 가끔 이곳을 통해 네 근황은 보고 있네! 어머님도 강녕하시고... 내가 가장 밥을 같이 한번 먹고 싶은 사람 1순위가 너의 안식구란다! 18일 저녁에 시간이 어떻게 되나! 진주갈텐데 네 안식구랑 같이 저녁 먹을수 있을지 모르겠다 ㅎㅎ

[앎] 교회오빠

오늘 방송된 KBS 스페셜 프로의 타이틀입니다.

세 살배기 정도의 딸을 둔 젊은 아빠와 엄마가 차례로 암 4기 진단을 받고 완치와 재발을 겪고 투병하면서 하나님과 주 예수님에 대한 믿음으로 삶을 승화 시켜나가는 과정을 정말 진솔하고도 간결하게 그려낸 다큐입니다.

나는 [신도 인간의 피조물]이라는 생각에 전적으로 동의하는 사람입니다만 종교의 가르침은 인간의 삶을 윤택하게 하는 최고의 가르침으로 생각하는 사람입니다. 언뜻 이율배반 같지만 조금만 달리 바라보면 이상할 것은 전혀 없지 않나요?

남편에 연이어 아내까지 암 4기 진단을 받고도 하나님과 주 예수에 대한 감사와 신뢰로 살아가는 그 부부를 보며 교회와 믿음에 대하여 많은 생각을 했습니다. 흔하지만 흔하지 않은 암! 그것에 부부가 차례로 걸려서 투병하게 되면 누군가를 한 번쯤은 원망을 하게 되지 않을까요? 왜 하필 내가 암에 걸리고 그것도 모자라 무슨 대단한 죄를 지었다고 배우자까지 아이만 남겨두고 떠나야 하는지 자책하며 원망할 것 같습니다.

그런대도 하나님에 대한 믿음으로 감사하며 투병하는 부부에게서 말로 표현하기 힘든 감명을 받았습니다. 믿음으로서 구원

받을 수 있다는 신념이 지친 몸을 추스르고 다시 투병 의지를 다지는 뿌리일까요?

느낌

댓글　김주영
　　　연말과 성탄절의 의미에 걸맞은 감동입니다.

2017. 06. 10

인간 노무현

지난 일요일(4일) 봉하 마을 노 대통령 사저를 다녀왔습니다. 시간도 넉넉해서 이곳저곳 둘러보고 사자바위를 비롯한 봉하산 정상까지 등산도 하고 책도 3권 사가지고 왔습니다. 가끔 한 번씩 뜬금없이 찾아갑니다.

46년 개띠니까 49년 소 띠인 내보다는 3살 위입니다 같은 시대를 살아왔다고 할 수 있지요. 한때는 입이 가볍고 하는 말이 경망스럽다고 싫어 한 적도 있습니다.

그것이 지금은 직설적이고 핵심을 알기 쉽게 찌르는 단순 화법으로 받아들입니다.

그리고 그의 치열한 삶과 이상을 향한 불굴의 집념을 존중합니다.

한 인간으로서의 성공과 좌절에 대한 경외심을 가지고 있습니다. 오늘(10일 토)은 [노무현입니다]의 영화를 예매해 두고 있습니다. 각시랑 같이 볼 겁니다.

천착? 할수록 [사람 냄새나는 사람]이라는 생각이 듭니다. 영호남 지역감정을 넘어서고자 낙선을 감수하는 용기, 수도권 집중 완화를 위한 공공기관 지방이전... 낙후 지방개발을 위한 혁신도시 건설, 지지자의 반대를 무릅쓴 이라크 파병과 한미FTA

비준 등 국익을 위한 그의 결단을 하나하나 새겨보며 추념합니다. 대단한 대통령이었습니다. 감사합니다!

느낌

댓글 **이미연**
노무현 영화 봤는 디
가슴이 쟁 했어요

방승섭 ▷ 이미연
외숙모도 같이 보고 많은 걸 느낀 모양이더라! 건강하게
잘 지내거라!

공무원 증원, 나라 망하는 지름길

10조 추경은 공공부문 일자리를 창출해서 경제성장 마중물로 쓰기 위해서 꼭 필요한 것이라고 주장하면서 밀어붙이고 있습니다.

추경을 편성 1만 2천 명의 공무원을 채용하고 향후 5년간 17만 4천 명의 공무원을 더 채용하고 공공부분의 일자리를 더욱 늘려 나간다는 것이 이 정부의 일자리 창출 핵심입니다. 공공부문과 공무원 숫자를 늘리는 일자리 창출은 정부가 할 수 있는 가장 손쉽고 확실한 일자리 창출이지만 문제는 모든 비용이 세금이라는 이름으로 국민의 호주머니에서 나와야 한다는 것이고 그것이 일회성으로 그치는 것이 아니고 지속적이고 반복적으로 계속해서 부담할 수밖에 없다는 것입니다.

일자리는 경제성장을 통한 기업 창업과 시설 투자 확장을 통한 민간부문 일자리 창출이 정답입니다. 일자리가 부족하다지만 중소기업은 사람을 못 구해 구인난에 시달리고 외국인 근로자도 수십만 명 아닙니까? 지금도 일자리는 있습니다. 다만 청년들이 취업할 수 있는 환경과 조건이 안되기 때문입니다. 연봉 천팔백만 원, 한 달 백오십만 원 수준의 보수에 장래마저 불확실한 기업에 여러분이라면 미래를 맡기겠습니까? 이런 부문에 대해 정부가 해결해 줄 수 있는 대책 마련을 고민하고 재정을 투입해야 합니다. 청년들이 중소기업에도 취업하고자 하는 환경을 만드는데 정부가 주력해야 하는 것입니다. 어렵고 힘들지만 정도正道를 통해서 일자리를 창출해야 국민 모두가 행복해집니다.

공무원 증원은 우선은 달콤한 사탕이지만 머지않은 후일에 모두에게 몇십년 몇백년 부담을 주는 최악의 선택입니다. 얼마 안 가서 구조조정을 통해 뼈와 살을 깎아내는 감원을 해야 하는 더 큰 고통이 반드시 따라오는 어리석은 선택입니다.

시대적 흐름은 정부 부문의 기능과 역할은 축소하고 민간부문의 역할과 기능이 확대되는 이른바 [작은 정부]가 시대적 흐름입니다 거꾸로 가서는 곤란하지요!

정부의 기능 유지에 필요한 최소한의 공무원 채용이 아니라 일자리 창출을 위한 공무원 증원은 나라 망하는 지름길입니다!

세월호, 공공부문 일자리, 비정규직 일소, 개성공단 재가동, 4대강 보 철거 등 하나같이 고민하고 토론하고 국민적 합의 후에 신중하게 결정해야 할 일입니다.

잘 해주길 빌고 기대합니다. 이 정부의 성공은 우리 모두와 우리나라의 재도약을 위해서 반드시 이루어져야 하기 때문입니다. 이 글을 쓰는 사람 공직에서 퇴직한 사람입니다.

댓글　**김영순**
전 국민의 공무원화! 철밥통 때문에 국가도산의 위기를 맞은 나라를 거울삼아야 할 텐데 공약으로 내걸었으니 안 할 수도 없고.. 공약 남발의 책임을 고스란히 국민이 책임져야 하는데 국민을 위한 대한민국을 만들겠다니 어불성설도 이 정도면 올림픽 메달감이지요.

農璇 鄭漢植
걱정 정도가 아니고 정말 큰일입니다.

송재근
진심으로 나라와 국민을 위한 정책일까요. 일자리 창출이 힘없는 국민이 머지않아 짊어져야 할 고난이 아니길...

정재 최현규
또한 가벼운 건 마찬가지네요

사람의 사람에 의한 사람을 위한 세상

시청에서 [어린 나무 가꾸기 사업]을 하고 있습니다. 무분별하게 자리다툼을 해서 제대로 성장을 하지 못하는 나무들 중 곧고 큰 나무 주변의 작은 나뭇가지를 정리해서 숲 생태를 정리하고 사람이 원하는 방향으로 곧고 큰 나무를 키우기 위한 간벌작업입니다.

천문대에서 왕비릉으로 내려오는 등산로 주변의 잔가지를 말끔하게 정리해서 시계가 확~ 트이고 다니기가 더욱 쾌적해진 것은 좋은데 얼마 전 뿌리가 노출되어 고사 직전의 자작나무를 살렸으면 하는 바람을 표했던 것은 이번에 정리가 되긴 되었습니다. 가장 간편하고 쉬운 방법으로 가장 최악의 정리를 했더군요. 밑둥치부터 댕~강 잘라 냈습니다. 확실하게 정리가 됐습니다.

나는 분재를 하지도 않고 좋아하지도 않습니다. [식물 학대]라는 생각을 가지고 있기 때문입니다. 자연스럽게 자라도록 내버려 두면 되는데 사람 보기 좋게 하자고 구부리고 비틀고 꺾어서 키우는 것은 식물을 학대하는 것 아닌가요? 자연의 생태계도 그렇습니다.

사람의 간섭은 작으면 작을수록 안 하면 안 할수록 좋다고 생각합니다. 순리대로 자라고 자연스럽게 정리되는 것을 사람이 개입해서 사람이 편리하도록 [가꾼다]는 것은 훼손의 다른 표현이라고 보기 때문입니다. 자연의 질서를 깡그리 무시하고 사람이 보기 좋게 사람이 편리하게 사람에게 득이 되게 간섭하면서 [가꾼다]고 포장하고 자연을 훼손하는 오만이 언젠가는 부메랑으로 되돌아오지 않을까요?

느낌

댓글   강인호
　　　백번 공감합니다
　　　즐거운 한 주 되십시오

제5부

은실이

2017. 05. 10

짧지만 긴 여운

내 삶을 지혜롭게
내 마음을 평화롭게
세상을 따뜻하게

지난 초파일 다니는 절집에서 얻어와서 사용하고 있는 물컵에 새겨진 문구입니다.

자꾸 음미할수록 마음에 울림이 옵니다.

흔하디흔한 평범한 단어의 짧은 나열에서 사람의 마음을 안온하게 하는 묘한 여운이 길게 남습니다.

옆에서 보면 참 아무것도 아닌 것 같은데 스스로에게는 너무 심각하고 힘들고 감내하기 어려운 일이 되어 고뇌와 번민, 울화를 안고 몸과 마음이 피폐해져 가는 자식놈이 하루빨리 평정심을 찾아왔으면 합니다.

마음고생이 심해서 가슴이 아픕니다. 머리 굵은 자식에게 해줄 수 있는 것도 없고 지켜만 보자니 답답하기 그지없습니다. 잘 알아서 마음을 추스르기를 기다릴 뿐입니다.

참! 산다는 게 만만 찮습니다 훌훌 털고 일상으로...

댓글　김영순
　　　자식에 대한 부모의 마음은 늘 못다 한 숙제 같은 거지요.
　　　걱정하시는 마음 충분히 헤아려 잘 헤쳐 나갈 겁니다. 너
　　　무 걱정 마세요. 세상을 현명하게 지혜롭게 살아오신 오라
　　　버니 자제분이잖아요.

　　　방승섭 ▷ 김영순
　　　고마워요! 영순씨! 나도 그러리라 믿어요

　　　農璇 鄭漢植
　　　내 삶을 지혜롭게 내 마음을 평화롭게 너무 마음에 와닿는
　　　인생의 목표 같은 글귀인 것 같습니다.
　　　앞으로 마음의 수양을 ~~~

　　　방승섭 ▷ 정한식
　　　짧지만 참 깊은 생각을 하게 합니다.

　　　김주영
　　　들어내지 못하는 번뇌도 지나면 일상일 텐데 어쩝니까 오
　　　늘을 ---- 마음의 다스림이 지혜와 평화라는 말씀 같습니
　　　다.

탄핵반대 집회에 등장하는 성조기

보기 싫어도 볼 수밖에 없는 요즘 뉴스입니다만 탄핵 찬성과 반대로 두 조각이 나는 나라 걱정은 정치하는 사람들에게는 정파적 이익 다음 문제인 것 같습니다.

탄핵을 반대하는 소위 태극기 집회 장면을 보면 생뚱맞게 성조기가 등장합니다.

시시콜콜 온갖 꼬투리를 미주알고주알 되씹는 종편에서 생뚱맞은 성조기 등장에 대해서 뭐라 한마디쯤 해야 할 것 같은데 일체 말이 없을 뿐 아니라 신문 잡지 또는 온갖 소문이 난무하는 sns에서도 말이 없습니다.

왜? 미국 국기가 아무런 관련도 없는 우리 국내문제의 자기주장을 정당화하는 도구로 등장하는지 아무리 생각해도 알 수가 없습니다.

성조기를 든 사람들은 미국의 힘을 빌려서라도 탄핵이 무산되기를 바라는 마음인지 모르지만 정말 영혼이 없고 개념도 없고 자존감이라고는 손톱만큼도 찾아볼 수 없는 사대事大라고 생각합니다 영혼 없는 인간이고 민족이라고 손가락질 받아 마땅한 행동이라고 생각합니다.

불과 100여 년 전 우리는 스스로를 지켜내지 못하고 이 나라

저 나라를 기웃거리며 생존을 구걸하다가 나라가 망한 치욕적 역사를 가지고 있는데 그걸 벌써 잊어버리고 우리끼리의 일을 남의 힘을 빌려서라도 내 뜻에 맞게 해결하려는 사대 근성이 뼛속까지 들여 박혀 나라 망칠 사람들이 설쳐 되고 있는데 왜? 방송도 신문도 sns도 그걸 외면하고 모른체하는지 이해가 안 됩니다. 비판할 것은 비판하고 아닌 건 아니라고 확실하게 보도해야지요! 자기주장을 하는 것도 다른 사람에게 호소하는 것도 좋지만 그 방법이 남의 나라 국기를 들고 그 힘을 빌리려 하는 오해를 불러올 수 있는 행동은 하지 않아야 한다고 말입니다.

오늘(21일) 중앙일보 30면에 김현기 워싱턴 총국장이 이 문제를 처음 거론했습니다 미국인이 묻습니다? 너희들은 왜 우리 성조기를 들고 집회를 하느냐고? 당신이라면 뭐라고 답변하시겠습니까?

탄핵 찬성도 좋고 반대도 좋습니다. 순수한 우리 문제입니다! 제발 생뚱맞고 그 나라 국민이 이해하지 못하는 남의 나라 국기는 들고 나오지 마세요! 남의 힘을 빌려서 자기 이익을 도모하는 기생충 같은 국민이고 식민통치 받기를 자청하는 혼이 빠진 민족이라고 손가락질 받습니다.

대통령 탄핵 기각 국민 총궐기집회
오늘, 서울 대한문

느낌

댓글 **김영순**
생각조차 제대로 없는 집단들이겠지요. 맹목적인 사람들한
테 이성이나 논리가 통하지 않으니 ..
답답하기만 한 현실이지요. 게다가 서민의 애타는 삶은 아
랑곳하지 않고 서로 주도권 잡기에만 혈안이 되어 여기저
기 기웃거리는 구린내 나는 정치인의 행태는 더더욱 신물
나게하는 잔인한 날들입니다.

방승섭 ▷ **김영순**
정권을 잡고 있는 사람이나 잡아보겠다는 사람이나 무슨
생각들인지 알 수가 없고 편가르기에 함몰되어 하늘땅을
제대로 구분하지 못하는 사람이 참 많다는데 서글픔을 느
껴요. ㅎㅎ 내가 걱정한다고 달라질 건 아무것도 없는데...
저녁에 소주 한 잔이 내 삶을 훨씬 풍요하게 하는데...

김주영
미래의 우리 시선 ————
잘 풀어 가겠지요,

2017. 02. 15

대리운전 기사

술을 즐겨 마시기 때문에 대리운전기사님들과 자주 접하는 편이었습니다. 퇴직 후에는 좀 뜸 한편이지만 창원 도청에 근무할 때는 김해까지 자주 이용했었고 이런저런 살아가는 이야기를 많이 주고받기도 했습니다. 힘들지만 꿋꿋하게 살아가는 사람들 이지요! 어제 운동을 하고 동반자들과 부원동 양돈조합 옆에 있는 중국요리집 [수정방]에서 저녁을 먹고 대리운전기사를 불렀는데 평소보다 꽤 많이 기다렸다가 뒤늦게 오신 대리기사 분을 만났습니다. 나이가 꽤 되어 보이는 여자분이었습니다. 늦어서 죄송하다는 말을 연발하면서 운전을 시작하셨고 늦은 사연을 설명했습니다. 집이 신세계백화점 뒤 동아 그린아파트 부근인데 버스도 없고 택시도 잘 안 잡혀서 2km 정도의 길을 허겁지겁 달려서 왔다고...

대동에서 새로 놓은 낙동강 화명대교를 건너 부산 북구 화명동 쪽으로 대리운전을 가면 화명대교를 걸어서 건너는 일이 흔하다고...

캄캄한 밤에 여자 혼자서...

작은 기업체를 운영하던 남편이 병으로 쓰러져 직접 회사를 운영하다가 전문성이 없어 그만두고 대리운전을 하고 있다고 했습니다. 나이 좀 있어 보인다고 했더니 58살이라고 알려주더 군요.

마음이 아렸습니다! 그래서 2006년 문화일보 신춘문예 시부분 당선작인 [내 친구 대리운전사]를 인터넷에서 검색해서 꼭 한 번 읽어보라고 권하고 내렸습니다. 대리운전기사의 애환을 함축적으로 기각 막히게 표현한 시입니다. 이 시가 그 대리운전 여기사님께 얼마나 살아갈 수 있는 용기를 주고 힘이 되고 위안이 될지 모르겠고 검색해서 읽어 볼지도 알 수 없지만 항상 건강하시고 남편분 쾌차하시고 돈 많이 벌어서 행복하시기를...

느낌

친구 Ⅱ

올해 얼굴 한번 못 봤다고, 음력설 지나가기 전에 얼굴 한번 보고 해 넘기자고, 서울에서 부산까지 친구가 찾아왔습니다. 점심 한 끼 같이 먹기 위해서 먼 길을 왔습니다.

중국문학을 전공하고 대학 강단에서 오로지 학생 가르치고 학문 연구에만 몰두했던 친구입니다.

서울대학을 다닐 때는 유신치하의 긴급조치가 발동되던 때였고 학생운동의 중심인물이었던 친구를 강제로 군 입대 시키려는 정보부의 연락을 받고 병무 업무를 담당했던 내가 친구의 병적 기록카드를 작성해서 입대를 시킨 인연도 있습니다.

누구처럼 신문 잡지에 시류에 영합하는 잡글을 쓴 적도, TV나 언론매체에 출연하여 한치 깊이도 안되는 지식을 나불거려 지명도를 높인 적도, 권력 주변을 맴돌면서 정치판을 기웃거리지도 않은 친구입니다. 민주 항쟁 세력의 학생대표였던 고 김근태 의원과 동지였고 지금 소위 잠룡으로 거론되는 한 분과도 막역한 사이이니 마음만 먹었다면 국회의원이나 장관 자리쯤은 얼마든지 할 수 있었을 텐데 십 년간의 각고의 노력 끝에 두산동아출판사의 중국어 사전을 출판하고 갑골문자 연구라는 돈도 명예도 안되는 연구에 평생 매달린 친구입니다. 내 생각입니다만 이 시대의 선비입니다. 점심 먹으면서 요즈음 뭐하고 소일하냐?고 물었더니 전 문화재청장 등 한문에 관심 많은 교수 등의 스터디 그룹에서 사기史記를 해설해 주고 여기저기 강의하기 바쁘다는 대답이 돌아왔습니다. 얼굴 보고 점심 한 그릇 같이 먹고 다시 남쪽 끝 부산에서 북쪽 끝인 서울로 돌아갔습니다. 잘 가라하고 돌아서는 마음이 참 많이 아렸습니다. 자라기는 같이 자랐지만 약관 시절부터 걸어온 길이 너무나 딴판이기 때문에 공통분모가 거의 없다시피한데 다행히 등산을 무척 좋아합니다. 3월에 소백산을 같이 타기로 한결 위안으로 삼습니다.

친구란 멀리 떨어져 있으면 가끔은 그리움으로 다가오는 존재인 것 같습니다.

느낌

별리를 앞두고

딸아이가 딸 둘을 두었습니다. 외손녀가 둘입니다.

큰 손녀는 돌 지나고 우리 집으로 데려와서 어린이집에 보내면서 키우다가 유치원에 들어가면서 어미의 품으로 돌아갔고 이어서 작은 것은 생후 여섯 달 만에 데려와서 어린이집에 보내면서 돌보다가 내년 3월에 제 언니와 같이 유치원에 들어갈 때 어미의 품으로 돌아갑니다.

일요일 저녁부터 금요일까지 똥오줌을 가려주다가 주말이면 어미에게 갔다 오는 손녀 돌봄 5년의 대장정을 마무리할 때가 다가왔습니다.

저희 외할머니가 참 고생 많이 했습니다. 따라서 나도 많이 거들기는 했습니다. 힘들 때도 있었지만 그보다는 손주들의 재롱을 보면서 느끼는 즐거움과 행복이 얼마나 삶의 활력소가 되었는지 모릅니다.

무엇으로도 대체할 수 없는 애틋함의 대상이 내게서 조금 멀어진다는 아쉬움 때문에 벌써 허전함이 물밀듯 마음 한편으로 자리 잡기 시작합니다. 1월 한 달 방학기간 동안 엄마에게 재롱 떨다가 2월 한 달 어영부영 지나가고 나면 어미 곁으로 가겠지요!

조부모가 아무리 잘 하려 해도 부모 만 큼이야 하겠습니까?

튼튼하고 씩씩하게 자라 주기를 바랄 뿐입니다.

느낌

댓글 H*****ng
방 과장님 잘 계시죠.

김성화
수고 많이 하셨습니다!
두 분이 적적하게 되시면
반려동물을 키워보심이 어떠신지요

방승섭
잘 지내나요? 장사 잘 되고? 반려동물 별로 안 좋아해요
ㅎㅎ

김성화
경기가 너무 안 좋습니다.
요새는 손해 나도 버티기 중입니다.
추위에 두 분 감기 조심하시고
강건하세요!

샤먼에 대한 손가락질

계집년 둘이 나라를 말아 먹으려 합니다. 그 와중에 샤머니즘에 대한 멸시와 비하가 도를 넘치고 있습니다. 기독교가 서양에서 우리나라에 들어온 건 불과 200년 남짓이고 불교가 우리나라에 들어 온건 2000년 남짓입니다. 그러나 우리 조상들이 이 땅에 뿌리박고 살아온 세월은 구석기 시대인 2만 년 이전부터라고 짐작됩니다. 기독교, 불교가 들어오기 이전의 그 오랜 세월에서부터 지금까지 이 땅의 조상들과 현재를 살아가는 많은 민초들이 믿고 의지하는 것이 소위 토속신앙이라고 이름하는 샤머니즘이며 신과 인간을 매개하는 존재가 샤먼 즉 무당입니다. 토속신앙은 지금도 수많은 사람들이 믿고 의지하고 삶의 한 방편으로 뿌리내리고 있습니다.

기독교와 불교에서는 죽은 사람의 부활을 믿고 윤회를 이야기하면서 토속신앙에서 영혼을 매개하는 것은 미신이고 그것을 믿는 것은 사교라고 손가락질합니다.

나의 어머니는 정화수 한 그릇 떠놓고 천지신명에게 가족의 안녕을 빌고 촛불 한 자루 켜놓고 용왕님께 병든 가족의 쾌유를 빌고 절간의 산신각에서 삼신할매에게 기도했습니다. 집안에 궂은일이 있으면 굿도 했습니다. 그것이 미신이고 사교라고 손가락질 받을 일인가요?

신은 인간의 피조물이라는 말에 공감하는 사람입니다.

공룡이 이 지구상에서 멸종하듯 어떤 변화로 인간이 멸종하는 순간 신도 사라질 것입니다.

인간외 어떤 생명체 에게도 신은 없어니까요!

내가 믿는 것이 아니다 하여 내가 믿는것과 다르다 하여 남의 믿음을 폄하하고 손가락질 하는 오만하고 비열한 사람들 때문에 어처구니가 없습니다. 그 손가락질 때문에 당당하게 점보고 굿했노라고 말하지 못하고 자기가 한일을 부정하고 잡아떼는 줏대없는 얼간이들이 안쓰럽기도 합니다.

죽은 사람의 부활을 믿고 영혼의 윤회를 말하려면 샤머니즘에 대한 겸손함도 갖출줄 알아야 합니다.

다른 사람의 믿음도 존중해야 합니다. 당신의 믿음이 성스럽고 거룩 하다면...

느낌

댓글　정은숙
말씀에 전적으로 공감합니다. 비판은 할 수 있고
죄를 철저하게 수사하되 무자비 식의 비난은
좀 도를 넘는 경우도 많더라고요.

강인호
나라가 나라가 아닙니다 혼이 비정상이 돼갑니다. ㅋ

방휘명
절대로 스스로는 안 내려올 것 같네요.

김영순
파면 팔수록 진흙탕이니
수렁의 끝이 어딘지 힘없는
국민의 한 사람으로서 긴 한숨만
나올 뿐입니다.

국기를 문란 시키는 일

요즈음 국기를 문란 시키는 일이 자주 발생하고 있습니다. 국기는 글자 그대로 나라의 근본입니다. 나라의 근본이자 기반을 뒤흔드는 일이라니 엄청난 일이자 우리의 안녕과 직결될 수도 있는 일 일것이라고 생각되네요.

청와대 민정수석비서관 자녀의 의무경찰 특혜 복무와 처갓집 땅을 사고파는데 관여한 일들을 대통령 소속 특별감찰관이 감찰하고 그 결과를 언론에 알려 준 것이 정권을 뒤흔드는 폭로라고 생각하는 모양입니다. 홍보수석이라는 비서관이 직접 나서서 감찰 내용 언론 제보가 국기를 문란 시키는 일이라고 하면서 특별감찰관을 공격하고 있습니다. 궁지에 몰린 민정수석이 홍보수석과 합쳐 특별감찰관을 국기 문란범으로 몰아붙이고 있는 것입니다. 수석비서관이나 특별감찰관은 대통령이 직접 임명한 대통령의 최측근 보좌진이자 정권의 핵심 실세들입니다.

청와대 내부의 핵심 보좌진이 시정잡배 보다 못한 집단이 되어 너 죽고 나 살기의 피 튀기는 싸움박질이니 이 지경이 된 근본적 원인과 책임이 누구에게 있고 누구 때문에 일어나고 있다고 생각되나요? 핵심은 검찰 내부적으로 부적격하다고 평정하고 검사장 승진에서 탈락시켰든 아무개 검사를 넥슨과의 연결

고리를 충분히 알 수 있는 민정수석이 여과 없이 승진 되도록 인사검증을 부실하게 한 것과 승진한 진 아무개와 민정수석의 구린내가 진동하는 유착관계입니다. 본질은 간데없고 별것도 아닌 일을 국기문란으로 침소봉대하여 국민을 호도하고 본질을 흐리게 하는 최고 책임자의 생각이 뭔지 궁금합니다. 어처구니가 없습니다. 아마 이정권 들어서 청와대가 직접 언급한 국기문란이 노 대통령의 대통령기록물 유출 소동 등 서너건은 되는 것 같고 연이은 국기문란 소동 때문에 가슴 졸이게 되는 국민들이 안타깝습니다.

지도자 선택을 잘못한 자업자득입니다.

남은 임기 동안 국기 문란이 몇 번이나 일어날지 궁금 해집니다.

국기문란 뻥튀기해서 국민들 불안하게 만들지 말고 마음 편히 살게 정부가 해야 할 일 좀 제대로 챙겨주세요.

독불장군, 고집이 소신이라 착각하지 말고 조윤선 아니라도 인재 많고 많으니 수첩 공주 벗어나서 인재를 널리 구하고 유승민같이 반대하거나 의견이 다른 사람 포용하고 설득하고…

또 오른쪽만 사는 세상 아니니 왼쪽 사람들한테 북쪽의 망나니들 어떻게 다루어야 할지 의견도 들어보고 공든 탑 도로아미타불 안되게 시진핑이 한테 뒤꼭지 안 맞을 방법 생각 좀 하고…

제발 빌 건데 우리 같은 시골 촌놈들 뉴스 보면서 열받게 하지 말았으면…

댓글　**강인호**
리우 올림픽 중계 보니까 국기를 엄청 흔들던데 뭐 그 정
도로 생각하는 거 아닐까요?
본질도 모르고 부끄러움도 모르는 한심한 찌질이들입니다.

김주영
형님, 저 좀 거기 보내주세요. 주변 정리 좀 하고 올게요,
이것들!

방승섭 ▷ 강인호 김주영
백수되고 나이 들어 눈이 침침하니 책도 손에 잘 안 잡히
고 보느니 TV 뉴스고 돋보기 쓰고 보는 신문인데 똑같은
억지소리 며칠씩 되풀이하니 하도 열불이 치밀어서...
그래봐야 내 손해긴 한데...

강인호 ▷ 방승섭
절차도 상식도 기본도 없는 불통에 제 기분도 맨날 열 통
입니다. 안 그래도 더운데...
열받지 마시고 그러려니 편히 지내시기 바랍니다.

사람 사는 세상

　지난 주말 서울 지하철 2호선 구의역에서 스크린도어를 수리하던 19살 청년이 열차와 도어 사이에 끼여 참혹하게 세상을 떠났고 남긴 가방에는 뜯지 않은 사발면 하나가 덩그러니 유품으로 남아서 보는 이들의 눈시울을 적시게 했습니다.

　2인 1조로 근무해야 한다는 근무 수칙은 퇴직자 38명을 월급 422만 원에 고용해야 한다는 서울메트로의 요구를 청년의 소속 회사가 수용하면서 적정 인원을 채용할 재정적 여력이 없어졌고 원청에서 하청으로 하청에서 용역으로 정규직에서 비정규직으로 내려가면서 이루어진 갑질 때문에 실제 일할 사람이 부족하여 휴지 조각이 되었습니다. 혼자서 작업하다 스러져간 청년의 값싼 노동력을 이용하여 편안하게 먹고사는 서울메트로 퇴직자를 비롯한 우리 모두는 청년의 죽음 앞에서 양심의 가책을 느끼면서 사죄하는 것이 그나마 최소한의 도리를 하는 것이라고 생각합니다.

　[살아가기가 힘들어서 자살을 생각하는 사람이 없는 세상! 노동자 농민과 사회적 약자가 행복한 세상!] 이 7주기를 맞는 노무현 대통령이 꿈꾸던 사람 사는 세상입니다.

　시간이 흐르고 세월이 쌓여갈수록 평화통일을 꿈꾸고 영호남 지역주의를 극복하고 지방도 균형 발전시키고자 애를 쓴 노 대통령이 생각납니다! 아쉽습니다!

지금 남북 관계도 나라 경제도 국민 통합도 만사가 꼬일 대로 꼬여가는 나라 꼬라지를 보자니 더욱 그렇습니다.

무엇이 급하고 먼저 해결해야 되는지 구분도 못하고 소신인지 고집인지도 모르면서 비행기나 타고 다녀요.

입에서 욕 나오네요!

느낌 

댓글   강인호
안타까운 현실 속에서 살아가고 있습니다.
사람 사는 냄새가 함께하는 세상이 왔으면 좋겠습니다.

하늘만큼 땅만큼

우리는 계량화를 좋아하거나 맹신하는 경향이 있습니다. 실적이나 성과 또는 평가에는 어김없이 몇 퍼센트, 몇 배, 몇 분의 일, 등으로 수치화해서 계량화 시킵니다. 그리고 성공과 실패 여부를 판단합니다.

계량화가 곤란한 대표적인 것이 마음입니다. 연인들 간에는 얼마나 사랑하는지 많이 궁금해 하지만 계량화 시켜서 마음을 열어 보일 수는 없지요.

유치원을 졸업하고 초등학교 입학을 앞둔 외손녀에게서 [할아버지 사랑해요] 하는 문자 메시지가 옵니다. 그 어떤 문장이나 명언 보다 가슴을 흔드는 울림이 옵니다.

할아버지도 [하늘만큼 땅만큼 사랑한다]고 답신을 보냅니다.

그렇습니다 마음의 계량화는 [하늘만큼 땅만큼]입니다.

느낌

댓글   **김미자**
과장님 손녀 너무 예뿌요
사랑에 벨 소리가 들리네요
귀요미!! 파이팅"～♥

방승섭 ▷ 김미자
고마워요 지어미를 닮아서 그래요ㅎㅎ

방휘명
수빈이 얼굴에
영아 얼굴이 엄청 보이네요^^

봄

[진달래 피고 새가 울며는 두고두고 그리운 사람]

가수 정훈희가 부른 [꽃길]의 첫 소절입니다.

우수 지나고 경칩이 다가와서 대동강 얼음이 녹는 초봄입니다. 진달래 피고 새가 우는 봄에 두고두고 그리운 사람이 있는지요?

예순여덟번째의 봄에 두고두고 그리운 사람이 쉽게 떠오르지 않는 메마른 사람의 지난 세월이 잘 살아온 건지 잘못 살아온 건지 헷갈립니다.

무엇으로도 채울 수 없는 공허함은 딱히 무엇이 부족해서 오는 것이 아니라 살아 갈 날이 살아온 날보다 훨씬 짧은 사람들이 가지고 있는 지난 것들에 대한 아쉬움 때문이 아닌가 합니다.

남이 보면 배부른 이의 헛소리 같은 생각인데 딱히 그 마음의 방황을 해결해 줄 방법을 찾지 못해 오늘도 힘들어하고 있습니다.

새봄에는 사념을 간결하게 하고 자기 자신에게 충실하게 살아가기 위해서 마음 다스리는 공부를 열심히 하겠습니다. 세상의 그 무엇보다 소중한 건 나 자신 아니겠습니까?

가끔씩 그리운 이의 소식을 들을 수 있기를...

느낌

댓글 **農璇 鄭漢植**
봄이 오는가 봅니다. 늘 따뜻한 봄날이 되기를 기원합니다.

김영순
그리움을 얘기할 수 있으니 아직 감성이 풍부하십니다.
추억을 잘라 먹는 시간쯤 되면 그리움도
하나 둘 새롭게 단장이 되겠지요.
갈수록 좋아 보입니다. 오라버니.

방승섭 ▷ 정한식 김영순
사진이 걸작입니다. 역시 솜씨가 틀리네요! 언제 전시회 하
실 계획은 없나요? 영순 씨 잘 지내겠지요 여전하시네요.
오프라인 만남은 언제? ㅎㅎ

전화번호를 지우며

담도암이라는 흔하지 않은 병마와 싸우던 친구가 저세상으로 가고 전화 연락처에서 그 친구의 번호를 지우고 있습니다.

먼저 가는 친구가 있을 때마다 산다는 게 뭔지? 하는 해답 없는 물음을 잠시 생각해 보다가는 또 일상으로 돌아가곤 합니다. 해는 졌다가 다시 뜨는 것을 기약할 수 있지만 생명은 한번 스러지면 그뿐인데 살아가는 길 위에서 너무 많은 것들을 짊어지고 힘들어하는 우리가 아닌가 하는 생각이 이럴 때는 많이 듭니다. 착하게·바르게·보람되게·뜻있게·사람 된 도리를 다하면서 살고자 아등바등 애쓴 것들이 마지막 가는 혼백들에게 무슨 뜻이 있는지 너무 많이 헷갈립니다. 존재한다는 것과 그것을 넘어서는 죽음에 대한 사유의 갈래가 감당할 수 없을 정도로 혼란스러워지기도 합니다.

얼마간의 시간이 지나면 평범한 일상으로 회귀하겠지만 친구의 부음을 접할 때마다 앓는 내 마음의 병도 조금씩 면역이 생겼으면 좋겠습니다.

이 글을 읽어 주시는 분들!

아프지 말고 행복하시도록 건강관리 잘 하세요! 곧 다가오는 병신년 새해 만사형통하세요!

느낌

댓글 **정*희**
세상에!!

강인호
좋은 글 잘 봤습니다. 친구들 하나하나 보내고 뒤돌아 보니 아무도 없어 허탈해서 더 빨리 저 세상으로 간다는 말이 있습니다. 새해 더욱 건강하시고 가정에 건강과 행운이 늘 함께 하시길 바랍니다.

이태우
마음에 팍 와닿습니다. 뭐라 표현하긴 그렇지만

올해에도 건강하시고 뜻한 바 이루시는 한 해가 되시길 바랍니다.

김주영
형님 마음 털어놓으시고, 내일(토) 기장 일출 보러 갑시다. 위성상 구름 없다면 6시 출사 예정.

우리말 사랑

[윈터시즌이 릴렉스 해지는 오리엔탈 무드의 스파 핫 플레이스]

며칠 전 지하철 온천장 역의 광고판에서 본 jinair라는 항공회사의 관광상품 홍보 광고입니다. 아마 일본 온천여행 상품으로 짐작이 됩니다만 우리말은 [이 · 해지는 · 의] 접속사 뿐입니다.

무슨 뜻인지 대충 짐작은 할 수 있지만 이 광고 카피를 쓴 사람의 머릿속에 무슨 생각이 자리 잡고 있을까요? 외국어는 고급스럽고 세련되지만 우리말은 촌스럽고 투박하다는 생각이 뼈에 박혀 있을겁니다. 우리나라 사람을 상대로 한 광고에 우리말이 없는 광고 카피! 기분이 어떤가요?

자기 것 소중한 줄 모르는 얼빠진 사람들을 외국인들은 어떻게 대접할까요?

종북도 문제지만 앞뒤 분간 못하는 종미는 통일조국을 가로막는 가장 높은 벽이라는 생각이 들고 씁쓸함을 금할 수 없습니다. 줏대 좀 가지고 삽시다. 일본이 미국에 사대한다고? 욕하지 말고...

느낌

댓글 **김영순**
잘 지내시지요?
사대주의 근성이 뼛속까지 있으니 그런 거겠지요.
입으로 지식인 입네 하면서도 식자들 떠드는 것 보면 한심
투성이입니다.
게다가 맞춤법이나 엉뚱한 단어를 나열하는 걸 보면 한심
한 게 한 둘이 아니지요.

방승섭 ▷ 김영순
잘 지내고 있습니다. 시속 67킬로가 68로 곧 바뀝니다.
영순씨 언제 한번 보나? 건강하세요.

세상 공부 다시 하기

Jp(김종필)께서는 정치를 허업이라고 말합니다. 내가 40년 가까이 몸담았던 공직은 공空업이라고 나름 이름을 붙여 볼 수도 있겠네요!

행정은 한자 그대로 해석하자면 나라 다스리는 것을 이루어 내는 것입니다만 대개의 공직자들이 업의 수단으로 하는 것은, 페이프 워커(paper work)입니다. 책상 위에서 볼펜으로 종이와 씨름하던 내가 요즘은 낯선 세상 공부를 하고 있습니다. 내가 사는 집은 아파트이고 입주 11년 차에 접어들고 있습니다. 그러니 붙박이장과 싱크대 문짝, 샤워기 꼭지며 세면대 수도꼭지 등등 여기저기 손봐야 할 곳이 생겨나고 있습니다. 내가 손볼 수 있는 것은 직접 해보지만 그게 그렇게 쉽지를 않습니다. 싱크대 문짝 하나도 위아래, 좌우를 잘 맞추어서 조립하지 않으면 문짝이 비틀어져서 쩔쩔맵니다.

샤워기 꼭지는 내가 교체하고 세면기 수도꼭지는 고난도 기술이 필요해서 관리사무소 직원에게 부탁해서 마무리를 했습니다만 그 과정에서 깜짝 놀란게 한두번이 아닙니다. 간단하게 샤워기 물의 강약을 조절하기 위해 아주 많은 정밀부품이 필요하다는데 놀라고 무심코 쓰는 세면기 수도꼭지가 놀랄 정도로 정교하게 만들어져서 다시 놀랐습니다. 세상 공부를 다시 하고 있습니다. 몇 만 분의 일도 오차가 허용되지 않는다는 정밀기계를 다루는 사람들의 세계는 전혀 감이 잡히지 않습니다. 아파트 관리사무소의 기술자들에게 감사와 경의를 표하고 싶습니다. 그분들을 깍듯이 예우해 주고 충분한 보상을 해주어야 한다고 생각합니다.

　아래 사진은 샤워기 꼭지 강약을 조절할 수 있는 것의 부품과 조절할 수 없는 것의 비교 사진이고 세면기 수도꼭지 부품과 관리사무소 과장님의 작업 중 사진입니다. 박봉과 좋지 못한 근무 여건에서 묵묵히 최선을 다하는 전국의 아파트 관리사무소 직원의 처우개선을 위하여 파이팅!

　최고 서비스를 기대한다면 봉급도 좀 올려 주어야죠!

느낌

은실이

우리 집에는 전화가 3종류입니다. 일반 유선전화, 인터넷전화, (사진의 흰 전화 와 검은 막대 전화) 휴대전화로 있을 건 다 있습니다.

걸거나 걸려오는 전화 모두 합쳐봐야 하루에 2~3통화 정도입니다만 울리는 전화기에 따라 누가 거는 전화인지 대충은 짐작할 수 있습니다.

번호가 333-1144번인 일반 유선전화는 진주 계시는 누님과 은실이가 주로 걸고 큰놈 내외가 한 번씩 겁니다. 인터넷 전화는 작은놈 내외와 순천 막내 처남 내외가 주로 이용하고 휴대전화가 그 외 모든 전화 통화라고 보면 됩니다.

[은실이]는 내가 얼굴은 모르지만 아주 잘 아는 아가씨입니다. 전화 통화를 30년 가까이하고 있는 사이이기 때문이지요. 부원동 산다는 은실이는 용띠 (76년생) 노처녀이지만, 지능이 5~6세 정도의 정신지체장애인입니다. 다이얼 누르기가 쉬운 탓인지 우연히 통화가 된 이후 30년 가까이 잊어버릴만하면 전화가 옵니다. 내가 전화를 건 적은 단 한 번도 없습니다만 어쨌든 오랜 시간 전화 통화를 하는 가까운 사이지요.

그런 은실이가 오늘 전화를 했습니다. 각시가 먼저 전화를 받고 나하고도 통화를 했습니다. 언제나 변함없는 그 목소리였습니다. 아저씨 뭐 하세요? 그러고는 두서없는 이 이야기 저 이야기가 계속됩니다. 아주 오래간만에 안부를 확인한 반가운 전화였습니다. 건강하고 행복하기를...

댓글   김성화
        그렇게나 오래된 숨겨둔! 여인이 있으셨어요

        방휘명
        ㅎㅎㅎ
        은실이..
        아직도 전화 옵니까?

        방승섭 ▷ 방휘명
        한 번씩 전화 온다 사둔 잘 가셨나?

        방휘명 ▷ 방승섭
        예.. 잘 가셨습니다^^

로드킬 인간의 탐욕

약수터에서 운동장을 옆으로 끼고 내려오는 길에 있는 바위입니다. 항상 고양이 한 쌍이 다정하게 앉아 있더니 어느 날 네댓 마리 새끼까지 태어나 일가를 이루었지요. 나이 지긋한 분이 먹이를 주기 때문에 어떤 때는 먹이 주기를 기다리고 있는 모습이 눈에 띄기도 했습니다. 어느 날 운동장 옆 4차선 도로에서 차에 치여서 참혹하게 삶을 마감한 고양이를 본 후부터 외톨이가 된 놈이 혼자 앉아 있었습니다. 어떤 때는 새끼들과 같이 있기도 하고...

인간이 자기네들 편하자고 산허리를 마구 잘라서 길을 내는 바람에 길이 끊긴 동물들이 먹이를 구하거나 물을 마시기 위해 도로를 건너다 많이 희생을 당합니다. 이 세상에 자기네만 편히 살 수 있는 특권이 있는 것 처럼 행동하는 인간들 때문에 무고한 생명들이 참혹하게 오늘도 죽어가고 있지요.

신이 자기의 분신으로 만든 것이 인간이며 따라서 인간은 가장 신성하고 존엄한 존재로서 이 세상의 모든 것을 소유하고 사용할 수 있다는 해괴한 논리를 내세우는 뻔뻔함도 마다하지 않습니다. 모든 생명은 평등하게 살아갈 천부적 권리가 있다면 이상 합니까? 오늘은 어미도 없이 새끼 두 마리가 앉아 있네요!

설마 또 무슨 변고가 생긴 건 아니겠지요? 내일 아침에는 어미
랑 새끼들이 다정하게 같이 있는 모습을 꼭 볼 수 있기를...

느낌

댓글　**방휘명**
다행입니다... 근데.. 좀 있음 겨울이 될 텐데..

그땐 또 어쩌나요. ㅎㅎ

단상

오늘은
어제의 생각에서 비롯되었고

현재의 생각은
내일의 삶을 만들어 간다

삶은
이 마음이 만들어 내는 것이니

순수한 마음으로 말과 행동을 하게 되면
기쁨은 그를 따른다

그림자 물체를 따르듯...

-법구경-

느낌

댓글 **김영순**
글에서 평소 오라버니의
반듯하심이 그대로
묻어납니다 ~.^.

방승섭
고마워요! 오프라인으로 한번 봐야 될 낀데 ㅎㅎ

김영순 ▷ 방승섭
오라버니 시간 날 때
연락하시면 버선 발로
달려가겠나이다 ㅎㅎ

방승섭 ▷ 김영순
그래알았어요 내가 연락드릴게.

제발 기적이 일어나기를

자꾸 눈물이 흘러 뉴스 보기가 힘듭니다. 학생들을 인솔한 선생님들은 교감선생님과 13분이었다고 합니다. 인솔 책임자인 교감선생님은 구조된 후 자살하셨고 3명이 구조되고 나머지 10명은 사망했거나 실종되었습니다.

아마 제자들을 버려두고 탈출할 수 없어 운명을 같이 하지 않았나 생각됩니다. 스승의 도리를 다하기 위해 스스로 선택한 죽음입니다. 구조된 후 자살을 택하신 교감 선생님의 마음을 헤아릴 수 있을 것 같기도 하고 없을 것 같기도 합니다.

선생님들의 가족들 마음이 어떨지 짐작조차 하기 어렵습니다. 세월호로 희생된 인솔 선생님들에 대한 많은 관심과 남은 가족에 대한 배려가 있어야 한다고 생각됩니다.

부디 극락 왕생하시고 남은 가족들 천지신명이 보호해 주시기를 빕니다.

댓글 **김영순**
안 보면 궁금하고
보고 있으면 눈물을 주체할 수
없고...
기적이 있다면 정말
이런 경우에 꼭 일어나
주기를 간절한 마음을
빌어봅니다

방승섭 ▷ 김영순
누구나 똑같은 마음이겠지요! 피어보지도 못한 꽃봉오리들
인데...

방휘명
슬픈 맘을.. 도대체.. 표현할 길이 없네요.. 아들놈과 한동
갑이군요.. 허. 참!

산다는 것에 대하여

약수터에 핀 홍매화입니다만 나무를 심은 사람은 사랑하는 아내와 자식 그리고 고향의 노모를 남기고 홀연히 떠났습니다. 환갑의 생일을 넘기지 못한 그 친구는 개인 화물트럭이 생업인 그야말로 서민이지만 여름에는 풀 베고 가을에는 낙엽 쓸고 홍수나 장마 뒤에는 삽과 괭이로 길 고치는 약수터 관리인이며 걸쭉한 입담으로 아침의 약수터를 시끌벅적 유쾌하게 만드는 참 좋은 이웃이었습니다.

그렇게 반듯하고 효성스러운 자식을 먼저 보내는 [참척] 을 겪은 고향 노모의 심중을 헤아려 보면 나 자신의 마음이 먹먹해집니다!

자신이 건강하고 오래 사는 것도 좋지만 자식들이 올곧고 바르고 건강하게 사는 것이 보다 행복이 아닐까 하는 생각이 들고 [산다는 것] 은 힘들고 고통스러운 일을 뜻하지 않게 겪을 수도 있다는 것을 절실하게 느낍니다!

가뭄 탓인지, 주인 잃은 탓인지 홍매화가 생기를 잃은 것 같습니다. 꽃 한 송이 들고 그 친구의 유택 한번 찾아볼까 합니다.

느낌

댓글 **방휘명**
사연이 있는 나무군요..건강하고 올바르게 살도록 노력하
겠습니다....

2014. 01. 29

심판합시다

　기초단체장(시장, 군수)과 기초의원의 정당공천 폐지는 박근혜 대통령과 문재인 후보의 대선공약이었습니다. 선거가 끝나고 나니 정치신인이 당선되기 힘들고 위헌 소지가 있다는 구차스럽고 말도 안 되는 이유로 공약을 무효화 시키겠답니다.

　지금 내세우는 이유를 모르고 공약으로 내 걸었다면 정권을 담당할 수 없는 무능한 집단이고 알고도 폐지를 약속했다가 이제 뒤엎는다면 대선 때 표를 얻기 위해 국민에게 사기극을 벌린 것입니다.

　박 대통령 힘의 원천은 원칙과 신뢰입니다만 이게 무너지면 무엇으로 국민에게 다가설 수 있나요?

　앞으로의 추이를 지켜봅시다! 아직 최종 결론이 난건 아닌데 끝내 뒤집는다면 국민이 심판해야 합니다!

　야당이 결단을 내려서 공천을 하지 않으면 여당만 공천을 하는 코미디가 연출될 수도 있습니다!ㅎㅎㅎ

　국회의원 조금만 하면 한 달 연금 백몇십만원씩 받는 연금법도 통과된 모양입니다. 여론이 들끓으면 주춤했다가 슬그머니 통과시키는 것이 이 나라 국회의원의 양심입니다.

　[국회의원 정수 줄이기 범국민운동 본부]를 하나 만들고 싶습

니다.

느낌

댓글 **이원임**
참으로 공감되는 말씀입니다. 행복한 주말 보내세요.

문사철 600? 300? 그리고 경제학

문사철 600 이란 말은 시대의 지성인이나 교양인이 되기 위하여는 문학 서적 300권, 역사 서적 200권, 철학 서적 100권을 30대 말까지는 읽어야 한다는 말입니다. 오래전부터 식자층에서 회자되는 말인데 요즈음은 극작가 신봉승 씨가 많이 하고 다니는 모양입니다. 내가 3-40대 시절에는 문학 100, 역사 100, 철학 100권, 문사철 300권으로 알고 있었는데 문학책 200, 역사책이 100권이 늘었네요.

어쨌든 교양 내지 지식인이 되려면 자기 전공분야는 말할 것 없고 폭넓은 인문학적 소양을 갖춰야 한다는 이야기가 아닌가 합니다.

짧은 내 생각으로는 지금 시대에는 경제 서적 몇 권 정도는 반드시 읽어야 시대의 교양인이 될 수 있지 않을까 생각합니다.

몇 년 전 대선 때 당시 김대중 후보가 [아담 스미스]의 "보이지 않는 손"을 토론회 때 언급해서 화제가 된 적이 있습니다만 경제학에 관한 기초 소양이 현대 교양인의 필수 요소가 아닌가 합니다.

내가 몇 권 읽어본 경제원론서 중에서 가장 기억에 남는 책은 전 경제부총리를 지낸 한승수 교수의 [신 경제 정책론]입니다.

한번 읽어 보시기를 권합니다.

딱딱한 경제 정책 문제를 아주 이해하기 쉽게 풀어 나갑니다.

빌려 드릴 수도 있습니다.

느낌

2014. 01. 12

나이 들어가면

어제 초딩 동창들과 신년모임을 했습니다.

사상에서 지하철을 환승할 때 [1949]라는 숫자를 크게 쓴 입간판이 눈에 들어왔습니다!

지하철 이용하는 날짜 이전에 출생한 49년생은 65세 이상으로 무료승차할 수 있다는 안내판이었습니다. 7월 9일 이후에는 나도 지공 선생(지하철 공짜로 타는 노인)이 됩니다.

얼마 전 뇌경색으로 투병하던 동창이 유명을 달리하더니 낫기 힘든 병으로 고생하는 동창이 하나 둘 늘어납니다. 하나 둘 낙엽 처럼 사라져 갑니다.

나도 낙엽 처럼 사라지고 나면 이 세상에 남을 흔적(손자)입니다.

요즈음 방학 중이라 점심을 같이 먹는데 나이 들어 갈수록 이놈들을 대하는 내 마음도 애틋 해집니다. 나이가 들어가면서 세상을 바라보는 시선은 청춘 시절이나 인생의 꼭짓점이라고 할 수 있는 장년 시절과는 완전하게 다른 관점에서 바라보게 됩니다. 해나 달을 보는 시선이 달라지고 자식이나 손자를 보는 시선도 달라집니다. 젊은 시절 예사롭게 보아 넘기던 것들을 새로운 시선으로 보고 해석하게 됩니다.

느낌

댓글 **정*희**
내가 가고 나면 세상에 남을 흔적이란 말이 너무나 마음에
와닿네요. 우리는 이제 지는 낙엽 같은 존재, 서글픕니다.

방승섭 ▷ 정*희
나이가 들어가는 것은 자연스러운 일이고 남은 날 중에는
항상 오늘이 제일 젊습니다 즐겁게 사세요.

방휘명
아직 이런말 읊으실건 아니잖아요ㅎㅎ 또래 그 누구보다도
젊으십니다..ㅎㅎ

영원한 노스탤지어

산이 인간에게 주는 것이 참 많습니다. 맑은 공기에서부터 귀한 약초까지 수많은 혜택을 끊임없이 베풀어 줍니다. 그 품에 안겨 살아간다고 해도 좋을 것 같습니다.

우리는 천혜의 자연환경을 누리고 살지만 그것에 대한 감사함은 예사롭게 생각하거나 잊어버리고 삽니다. 모든 산이 넉넉하게 사람을 품어 주지만 그 중에서도 유독 지리산을 좋아하고 자주 찾습니다.

지리산 등산을 즐겨 합니다. 계곡을 탈 때도 있고 종주를 할 때도 있습니다. 노고단에서 천왕봉으로 또는 천왕봉에서 노고단으로 종주를 합니다. 이번에는 천왕봉에서 노고단으로 종주를 했습니다. 지금은 성삼재에서 보통 종주를 시작하지만 화엄사에서 종주를 시작하던 시절도 있었습니다. 그때는 국립공원 지정 전이었지요 그 시절에 대한 향수도 있습니다.

뒤에 멀리 보이는 희미한 봉우리가 노고단에서 바라본 천왕봉입니다. 아주 맑은 날 아니면 보기 힘들지요. 앞은 반야봉입니다. 나무는 살아 천년, 죽어 천년 간다는 주목입니다. 지리산에는 구상나무가 거의 전부고 주목은 보기 힘듭니다. 구분하기가 쉽지 않죠. 지리산은 찾을 때마다 다른 얼굴로 맞이해 줍니다.

또 다른 모습의 지리산을 보고 느끼고 새로운 감흥을 안고 돌아
왔습니다.

느낌

지방천민의
그렇고 그런 이야기
– 흔적과 관조 –

인쇄일 2022년 10월 24일
발행일 2022년 10월 27일

지은이 방승섭
펴낸이 박철수
펴낸곳 도서출판 해암

등록번호 제325-2001-000007호
주소 부산시 중구 대청로 138번길 9 (대원빌딩 302호)
전화 051)254-2260
팩스 051)246-1895
메일 haeambook@daum.net

ISBN 978-89-6649-229-9 03810

값 14,000원